国家出版基金项目
NATIONAL PUBLICATION FOUNDATION

斯玛马宗

《格萨尔》藏译汉项目领导小组办公室

桑 杰 措　　翻译

索朗扎西　　译校

郭 克 范　　编校

西藏藏文古籍出版社

图书在版编目（CIP）数据

斯玛马宗 / 桑杰措译. -- 拉萨 : 西藏藏文古籍出版社, 2020.11

ISBN 978-7-5700-0476-8

Ⅰ. ①斯… Ⅱ. ①桑… Ⅲ. ①藏族－英雄史诗－中国 Ⅳ. ① I222.74

中国版本图书馆 CIP 数据核字（2020）第 209371 号

斯玛马宗

译　　者	桑杰措
责任编辑	曾　恒
装帧设计	刘　炜
策　　划	天利文化
出　　版	西藏藏文古籍出版社（拉萨市色拉路 22 号） 邮政编码：850000 打击盗版：0891-6930339
印　　刷	大厂回族自治县德诚印务有限公司
经　　销	全国新华书店
开　　本	16 开（710×1 000）
印　　张	25.5
印　　数	0001-3000 册
版　　次	2020 年 11 月第 1 版第 1 次印刷
标准书号	ISBN 978-7-5700-0476-8
定　　价	58.00 元

《格萨尔》藏译汉项目领导小组

总顾问：洛桑江村

顾　问：白玛朗杰

组　长：陈　凡

副组长：索　林　　车明怀　　卢明秀　　降边嘉措

杨恩洪

成　员：诺布旺丹　　次仁平措　　许德存　　宁　梅

达　瓦　　黄　智　　蓝国华　　王彦杰

白玛扎西　　阴海燕

办公室：次仁平措（主　任）　　蓝国华（副主任）

王彦杰（副主任）　　裴洪霞　　尼玛仓决

白玛扎西　　阴海燕　　索朗扎西

专家组：巴桑旺堆　　格桑益西　　曼秀·仁青道吉

仁　增　　索朗格列

《〈格萨尔〉艺人桑珠说唱本》
汉译丛书编委会

目　录

总 序

白玛朗杰[1]

传承民族优秀传统文化是推动文化大发展大繁荣、建设社会主义文化强国、传承民族血脉、建设人民精神家园的必然要求。党的十八大提出，“建设社会主义文化强国，关键是增强全民族文化创造活力”“建设优秀传统文化传承体系，弘扬中华民族优秀传统文化”。2015 年，习近平总书记在中央第六次西藏工作座谈会上指出：“加强民族团结，不断增进各族群众对伟大祖国、中华民族、中华文化、中国共产党、中国特色社会主义的认同。”为了把西藏建设成为中华民族特色文化保护地，我们亟需将藏民族史诗《格萨尔》推向全国乃至世界，以进一步丰富中华民族文化宝库。2013 年 6 月，西藏自治区社会科学院向西藏自治区人民政府呈报了《关于启动自治区重大文化工程〈格萨尔〉史诗藏译汉项目的请示》。在洛桑江村主席的亲自关心下，2013 年 12 月自治区重大文化工程《格萨尔》藏译汉项目得以立项。如今，30 卷本的《〈格萨尔〉艺人桑珠说唱本》汉译丛书即将陆续与广大读者见面。这是党和政府大力关怀和支持的结果，是课题组的同志们辛勤努力的结果，也是中国《格萨尔》学界众多同仁通力协作的共同成果。

1　白玛朗杰：西藏自治区重大文化工程《格萨尔》藏译汉项目领导小组顾问，第十届政协西藏自治区党组副书记、副主席，西藏自治区社会科学院原院长。

一

人类的思想和文化是智慧的结晶、进步的阶梯、文明的象征。德谟克利特说："智慧生出三种果实，即善于思想、善于说话、善于行动。"为了实现中华民族伟大复兴的中国梦，一方面，我们要立足时代，放眼全球，锐意进取，吸取现当代人类社会的一切优秀文明成果，创造无愧于时代、无愧于人民、无愧于历史的文化成果；另一方面，我们还要向历史和祖先学习，发扬中华民族优良传统，保护和传承优秀民族传统文化，从中挖掘有益成分，汲取营养和精华以丰润己身。

藏族是中华民族的重要成员，是一个有思想、善说唱、富有智慧的伟大民族。英雄史诗《格萨尔》是被公认为"藏族文学之冠"的名著，在千百年来的流传演变过程中，它以高度的人民性和强大的艺术生命力在藏族民间不断得以充实和发展。直到今天，《格萨尔》说唱艺人仍以他们非凡的聪明才智和辛勤的劳动创作活跃在民间，为史诗增光添彩。从全世界史诗的情况看，首先，《格萨尔》与《伊利亚特》《奥德赛》《罗摩衍那》《摩诃婆罗多》等相比，其最大的不同是仍以活的形态流传于世。早在1776年，俄国学者帕拉斯在《俄罗斯帝国各省旅行记》中就对《格萨尔王传》给予了极高的评价。众所周知，无论是《伊利亚特》《奥德赛》，还是《罗摩衍那》《摩诃婆罗多》等著名史诗，都早有定本传世，但早已没有创作性说唱艺人可寻。《格萨尔》史诗不仅至今尚未有最后之定本，而且各种抄本、刻本、说唱整理本仍在不断增加，《格萨尔》民间艺人的说唱活动从未停止，至今仍有百余位《格萨尔》说唱艺人活跃在民间。从根本上讲，众多活跃在民间的《格萨尔》说唱艺人的存在，是《格萨尔》史诗仍然以活的形态传唱的现实基础。其次，《格萨尔》是一部结构宏伟、内容丰富、卷帙浩繁的史诗巨制。据研究人员不完全统计，《格萨尔》全传至少有226部，累计100多万诗行，这要比之前常说的世界最长史诗《摩诃婆罗多》的20多万诗行还要长。较早研究《格萨尔》的王沂暖（1907—1998）教授，曾经填写《凤凰台上忆吹箫·格萨尔颂》[1]一词，把千年史诗《格萨尔》的神采风华歌颂得淋漓尽致。

中华文化是中华各民族成员在长期的生产、生活中积累形成的，是一笔宝贵的精神财富。《格萨尔》是中华文化中闪烁着熠熠光彩的魅力瑰宝，它集中代表了古代藏族文学的最高成就，是一部涉及古代藏族社会生活、民族历史、经济文化、阶级关系、民族交往、意识形态、道德观念、风俗习惯、宗教信仰的百科全书。自20世纪30年代始，任乃强、李安宅、谢国安、刘立千、马长寿、何剑薰、谭英华、陈宗祥、彭公侯等一批学者就对其作了详细述介和研究。中华人民共和国成立后，在马克思主义理论指导下，中国民族民间文化的发展迎来了新的春天，《格萨尔》也受到了前所未有的重视。著名文学家茅盾、周扬和老舍等人较早对《格萨尔》给予了关注。1956年在北京召开的中国作协第二次理事会上，老舍做了关于少数民族文学创作和发展的报告，其中提及《格萨尔》并首次将其定性为“史诗”。1958年，中央政府有史以来第一次在青海、西藏、甘肃、四川、云南等广大藏族同胞聚居地有计划、有组织地搜集、整理、抢救《格萨尔》，并取得了显著成绩。十一届三中全会后，随着国家对文学发掘和研究的深入，《格萨尔》的搜集、整理与研究在国内出现了无比繁荣的局面。1980—1981年，全国七省区召开“格萨尔工作会议”，之后有关省区相继建立了“格萨尔”工作组及专门机构[2]积极从事《格萨尔》的抢救、搜集、整理、翻译、研究和出版工作。随着国内相关科研院所、高等学校格萨尔研究机构的纷纷成立，尤其是中国社科院《格萨尔》研究中心的成立，国内集中出现了一大批主

1　这首词的全部内容为：世界绝无，人间仅有，说来话粲莲花。似空中虹彩，天外奇霞。难尽无边才艺，何须借铁板红牙，只面对云山雪岭，传唱千家。堪夸，英雄儿女，有梵王神子，度母仙娃。任东西南北，雨露风沙。战罢天魔五百，让玉宇无限清嘉。舒放眼，泱泱万里，诗国中华。

2　参阅《记〈格萨尔〉工作座谈会》（载《民间文学》1980年第8期）、《藏族英雄史诗〈格萨尔〉第二次工作会议纪要》（载《民族文学研究》1981年第1-2期）、《西藏成立抢救、整理〈格萨尔王传〉领导小组》（载《西藏日报》1980年6月25日）等。

要从事《格萨尔》研究的学者，成就斐然[1]。20世纪90年代，中国学术界已经鲜明地提出建立"《格萨尔》学"[2]，这是中国现代藏学繁荣发展的重要表现。2001年10月，在法国巴黎召开的联合国教科文组织第31届大会上，参会人员一致通过将我国"《格萨（斯）尔》千年纪念活动"列入该组织参与的周年纪念活动之中，这是迄今我国政府向该组织唯一申报成功的一项周年纪念活动。2009年9月，在阿联酋首都阿布扎比召开的联合国教科文组织保护非物质文化遗产政府间委员会第四次会议上，我国的《格萨（斯）尔》被批准列入《人类非物质文化遗产代表作名录》。

二

人民群众是历史的创造者，是一切文艺创作的源头活水。《格萨尔》史诗是一部以抑强扶弱、除暴安民为主线的宏伟史诗，反映了人民群众与社会丑恶势力作斗争，消除青藏高原一切不平等和灾难，用自己的劳动和汗水缔造幸福生活的美好愿望。也正是因为如此，在"政教合一"的封建农奴制度下，统治阶级最害怕听到说唱《格萨尔》，最害怕听到这一歌颂人民的力量以及呼唤自由、平等和幸福的乐章。旧西藏地方政府利用统治农奴的各种手段，禁止《格萨尔》史诗的说唱和传播，把它当作"下等人"

1 从1989年开始，中国政府主导开展了七次《格萨尔》国际学术研讨会，时间分别为1989年11月（成都）、1991年8月（拉萨）、1993年（锡林浩特）、1996年7月（兰州）、2002年7月（西宁）、2006年7月（玛曲）、2015年7月（成都）。

2 王兴先：《关于建立"格萨尔学"科学体系的初步构想》，载《西北民族学院学报》1993年第2期；王兴先：《〈格萨尔〉与"格萨尔学"》，载《甘肃科技》2003年第12期；扎西东珠：《"格萨尔学"学科之我见》，载《中国藏学》2002年第4期。王兴先在《〈格萨尔〉与"格萨尔学"的发展历史》中提到："《格萨尔》研究之所以能够逐渐形成为一门独立的学科，就是因为既有《格萨尔》史诗本体提供的形成一门学科的基本要素和它所富有的历史文化之魅力，又有它的研究者们的创新思维和开拓性研究之功以及二者的有机结合。"

的“俗言俚语”，称其为“乞丐的喧嚣”，称民间艺人为“下贱的乞丐”。广大民间说唱艺人过着以乞讨为生的流浪生活。

西藏和平解放后，党和政府投入大量人力、物力和财力到西藏《格萨尔》的抢救、整理、出版、翻译等工作中，在党和政府的领导、关心、支持下，该项工作有了快速的发展。1980 年 4 月，国家批准成立西藏自治区《格萨尔》领导小组及抢救办公室，指定自治区党委宣传部、自治区社会科学院、自治区文联、自治区出版局的负责同志分别担任抢救领导小组正副组长，自治区文联代管抢救办公室。财政下拨抢救专项经费，建立了西藏有史以来第一个《格萨尔》抢救领导小组和抢救办事机构——西藏自治区《格萨尔》抢救办公室，核定编制为 15 人。同时，在西藏师范学院（西藏大学前身）成立了《格萨尔》民间说唱艺人扎巴抢救小组，当时受到中央有关部委的表扬，并成为七省（区）的榜样。1984 年，西藏自治区《格萨尔》抢救办公室正式划归西藏社会科学院管理，成为社科院下设县级部门，编制 10 人，专项经费每年 10 万元。1987 年机构改革时，《格萨尔》办公室降级合并到西藏社科院原语言文学研究所，并取消了专项经费。1997 年机构改革时，随着原语言文学研究所和民族研究所的合并，《格萨尔》办公室划归民族研究所管理，成为民族研究所的一个内设室，对外亦称自治区《格萨尔》研究中心。

西藏《格萨尔》抢救办公室成立之初，国家投入大量人力、财力和物力，为史诗的抢救、保护、整理、出版和研究工作奠定了良好的基础。30 多年来，《格萨尔》抢救办公室做了大量工作：

一是 20 世纪 80 年代开展大面积的艺人普查工作，对西藏范围内的重点说唱艺人及其唱本进行了录音、整理和出版。了解和掌握艺人的现状，记录艺人口头说唱本是《格萨尔》抢救工作的重中之重，在当时是一项非常急迫的工作。20 世纪 80 年代初，自治区人民政府投入大量资金，先后 20 余次派人到《格萨尔》史诗流传比较广泛的地区，进行了大规模的民间艺人普查，《格萨尔》史诗旧版本搜集以及有关传说、实物等抢救工作。经过这一阶段的工作，工作组先后共寻访到能说唱 10 部以上《格萨尔》史诗的民间艺人 57 名。根据“择优择缺”原则，按照“优先为老艺人录音”的指导思想，《格萨尔》抢救办公室进行了深入细致的录音整理工作。目前，西藏社会科学院已完成录制 100 多部《格萨尔》艺人说唱本，整理磁带 5000 多盘，笔录成文 90 部，《格萨尔》抢救工作的进度和质量均走在了全国各省（区）前列。

二是《格萨尔》旧版本及实物的登记和抢救取得历史性突破。过去，与《格萨尔》史诗相关的实物及旧版本零散地保存在民间，这些资料不仅从来无人问津，还极易损坏和丢失。在普查寻访艺人的同时，抢救办公室对这些有关《格萨尔》史诗的实物进行全面普查和鉴定，对其中具有一定历史价值和艺术价值的珍贵文物进行抢救和保护。这是《格萨尔》抢救工作的重要组成部分，对于史诗的全面研究具有不可替代的重要作用。随着工作的深入开展，西藏全区先后搜集和发现 50 多种与《格萨尔》史诗有关的民间人物传说和 10 件实物，搜集到 74 部 55 种《格萨尔》史诗旧版本和旧手抄本，整理出版《格萨尔》旧版本 32 部。

三是 2000 年之后启动了抢救、整理、编辑和出版《〈格萨尔〉艺人桑珠说唱本》的文化工程。桑珠（1922—2011）是杰出的《格萨尔》说唱艺人，也是一位被人津津乐道的奇人，他目不识丁，却能说唱 50 万诗行。这是藏民族独有的一个文化现象，“桑珠现象”可以说在全世界都绝无仅有。桑珠是西藏丁青县人，他在旧西藏和其他很多说唱艺人一样云游四方，以说唱《格萨尔》史诗为生，过着牛马般的乞丐生活。西藏和平解放后，他和百万农奴一起翻身获得新生，在拉萨市墨竹工卡县尼玛江热乡定居落户，建立了自己的家庭。1984 年，桑珠和其他十余名民间艺人一起受聘于西藏社会科学院，并与他们合作抢救说唱故事。桑珠艺人极富说唱天赋，说唱从不人云亦云，对《格萨尔》史诗有着自己透彻的认识和独特的见解。1991年，他被国家民委、文化部、中国文联、中国社会科学院四部委联合授予“《格萨尔》说唱家”称号。而后，他又被授予“国家级非物质文化遗产项目代表性传承人”，并被学术界誉为“语言大师”和“国宝级人才”。目前，藏文本的《〈格萨尔〉艺人桑珠说唱本》丛书45部（48本）经整理、编校人员的艰辛劳动，现已基本整理和出版完毕。这套丛书的问世，不仅创造了世界史诗领域个体艺人说唱史诗最长的记录，而且填补了迄今还没有整理和出版过单个艺人全套《格萨尔》说唱本的历史空白。若按平均每部（本）10000多诗行计算，这套丛书的诗行总数将超过520000，大大超过了《摩诃婆罗多》的207000诗行，创造了世界史诗文本新的吉尼斯纪录。2011年2月16日，桑珠老人不幸去世，这是《格萨尔》抢救保护工作的重大损失。我们只有加倍地努力，继续做好这项工作，才不辜负老人的期望，不辜负人民的期望。

三

翻译是语际交流和沟通的桥梁，是传播民族文化、促进文化交流的重要途径。历史上，西藏地方通过翻译佛教、医药、天文历算等书籍[1]与祖国

1　松赞干布时，从古印度翻译《十二缘起》《六日轮转》等占卜理算书籍；又如《松赞干布遗教》说，“法王松赞干布在位之时，从印度迎请鸠摩罗大师，由吞弥·桑布扎为他担任翻译，译出《阿毗达摩藏》的广、中、略三种写本；又迎请尼泊尔的锡拉曼殊大师，由尼泊尔妃赤尊公主担任翻译，译出《经藏》《华严经》《观世音菩萨经咒》等；又迎请印度的婆罗门夏迦罗，由阿札雅达摩郭夏担任翻译，译出《律藏》《迦陵迦光明律》《止雅经咒》等；又从汉地迎请和尚摩诃衍那大师，由汉妃公主和拉隆多吉贝担任翻译，译出众多汉地历算及医药之书籍”。赤德祖赞时，汉族人格谢哇翻译了《金光明经》《业缘智慧经》，比吉赞巴锡拉翻译了许多医药书籍。赤松德赞时，有所谓“译师六试人”出现，他们是努布·南喀宁布、孜·嘉哇洛追、如贡·比雅热扎、突厥吾比夏、朗·贝吉僧格、杰·古古热扎，他们翻译了许多密咒部的经续。达仓宗巴·班觉桑布著，陈庆英译：《汉藏史集》，西藏人民出版社，1986年，第87、89、95、99页。

内地及周边国家和地区保持了密切的文化联系[1]，丰富了西藏地方文化的结构体系和内容，也为藏文化的翻译积累了历史经验。《格萨尔》史诗是当今世界第一长诗，尽快完成从口头文学到文字文学的转化，尽快完成藏文本到汉译本及其他文字译本的转化，是一件功在当代、利在千秋的大好事，是中华民族对世界文化宝库所作出的重要贡献之一，推动了中华文化走向世界，同时也是我们有力回击和反驳达赖分裂主义集团和西方敌对势力长期恶毒攻击"西藏传统文化毁灭论"的现实需要。因此，实施《格萨尔》史诗系列丛书的翻译工程任务十分紧迫，做好这项工作具有重大的现实意义和深远的历史意义。

第一，形成丰硕的《格萨尔》翻译成果，有利于用事实说话，有力驳斥达赖集团的"西藏传统文化毁灭论"。西藏和平解放后，西藏虽然摆脱了帝国主义势力的羁绊，但1959年达赖集团叛逃以后，在西方敌对势力的支持下，长期在国内外从事针对西藏的分裂破坏活动。从国际大形势看，西方反华势力和达赖集团在西藏历史问题上一直歪曲事实，制造谎言，尤其是在文化上鼓吹"西藏传统文化毁灭论"，蒙蔽世界舆论，欺骗了不少不明真相的人士。在文化工作上，我们需要与其展开针锋相对的斗争，开展重大文化工程，以文化保护与创造成果的事实揭示谎言，廓清迷雾，以正本清源。从这种意义上讲，我们开展《格萨尔》藏译汉工程的任务就显得刻不容缓。《〈格萨尔〉艺人桑珠说唱本》汉译丛书的出版，不仅有助于鼓舞西藏人民推动文化大发展大繁荣的巨大热情，而且还将进一步促进

1 元代中央政府集合官员及西藏、北庭、汉地和印度僧人对汉藏佛教经典进行勘同、分类、纠误和拾遗，最后编写出了一部藏汉对勘的佛教大藏经目录——《至元法宝勘同总录》。（苏晋仁：《藏汉佛教学者团结合作的盛举——纪念佛经对勘七百周年》，载《西藏研究》1985年第4期，第37—47页。）自元以来，《大藏经》曾被译成蒙文、汉文、满文等多种文字，促进了佛教文化的传播和交流。如，元大德（1297—1307）年间，在萨迦派喇嘛法光的主持下，由西藏、蒙古、回鹘和汉地僧众将藏文《大藏经》译为蒙文，在西藏地区雕造刷印。又如，金代民间劝募的《赵城金藏》，1959年9月在西藏萨迦寺北寺图书馆发现31种、559卷卷轴式装帧木刻印本佛经，其编次和《赵城金藏》完全一致，从版式、字体和刻工等方面判断，基本上可以肯定是《赵城金藏》输版入燕京后的补雕印本。

民族文化的传播与交流，有力地粉碎达赖集团和西方反华势力鼓吹“西藏传统文化毁灭论”的无耻谎言，在国际视听中匡正言论，维护西藏地方之于中国的无可争辩的主权，维护西藏社会稳定和民族团结，是一项具有重要政治意义的文化工程。

第二，开展《格萨尔》汉译工程，有利于弘扬西藏优秀传统文化的传承体系，建设好中华民族特色文化保护地，促进西藏的文化认同。2014 年 9 月，习近平总书记在中央民族工作会议上特别强调：“繁荣发展各民族文化，要在增强对中华文化认同的基础上来做，对本民族历史坚持正确的观点，不能本末倒置。”这对于我们开展《格萨尔》藏译汉项目、繁荣和发展西藏优秀传统文化，提供了正确的工作方向和有力的理论指导。习近平总书记还讲到：“加强中华民族大团结，长远和根本的是增强文化认同，建设各民族共有精神家园，积极培育中华民族共同体意识。文化认同是最深层次的认同，是民族团结之根、民族和睦之魂。文化认同解决了，对伟大祖国、对中华民族、对中国特色社会主义道路的认同才能巩固。”[1]2015 年 8 月，习近平总书记在中央第六次西藏工作座谈会上指出：“必须全面正确贯彻党的民族政策和宗教政策，加强民族团结，不断增进各族群众对伟大祖国、中华民族、中华文化、中国共产党、中国特色社会主义的认同。”要想把《格萨尔》变成中华民族共同的精神财富，进而成为全人类的共同财富，就需要通过翻译，而做好汉译本的翻译，是至关重要的。可以说，开展《格萨尔》藏译汉项目，有利于将藏民族千百年来世代传唱的英雄史诗翻译成国家通用语言文字，使之传播于全国乃至全世界，有助于增强西藏各族人民对于中华民族的文化认同，进而增强各族群众对伟大祖国、中华民族、中华文化、中国共产党、中国特色社会主义的认同。

第三，开展《格萨尔》汉译工程，有利于推动西藏文化大发展大繁荣，

1 习近平：《在中央民族工作会议上的讲话》，2014 年 9 月 28 日。

促进西藏哲学社会科学和藏学研究事业。作为民间文学，特别是具有世界级重要成果的《格萨尔》是藏学研究的重要领域之一，对其进行系统整理和翻译，对于繁荣发展我国哲学社会科学和藏学研究事业将发挥积极作用。藏学的故乡在中国，西藏是藏学研究的发祥地，藏学的旗帜理应由我们高高举起。然而，长期以来在藏学研究上“西强我弱”的被动局面始终没有被根本扭转，给我们的涉藏外事外宣工作带来了诸多麻烦。西方反华势力和达赖分裂主义集团企图长期把国际藏学研究当成阻止中国前进步伐的工具，现行的国际藏学学术研讨会，时常由国外研究机构操作，反华势力幕后插手，明确设置我国参会人员的资格、论文评定等学术“门槛”，企图把持我国涉藏外宣在国际舆论舞台上的话语权。积极主动改变这种不利的被动局面，已成为当前藏学工作迫在眉睫、势在必行的大事。我们开展《格萨尔》翻译工作，即是瞄准这一方向的有益文化工程。有一次，时任中央外宣办副主任的崔玉英同志曾与我交流涉藏外宣问题，她鼓励我们将来把藏族英雄史诗《格萨尔》翻译成外文，将其拿到国际藏学研讨会上和涉藏外宣活动中，这是对我们继续开展好《格萨尔》传承工作的莫大鼓励和鞭策。

第四，我们有能力、有信心、也有勇气做好《格萨尔》翻译工程。中华人民共和国成立后，党和政府高度重视《格萨尔》史诗的抢救、整理、保护、出版和翻译等工作，经过 30 多年的艰苦努力，该项工作取得了令人振奋的丰硕成果。然而，整理出版的《格萨尔》文本绝大多数是藏文书籍，能够阅读原文的人很少，更不必说概知其全貌。与此同时，现实中的《格萨尔》译本屈指可数，根本不能反映全传的完整面貌，让这部世界级的民族史诗埋没于世实在可惜。这种严酷的现实告诉我们，必须下大决心攻坚克难，及时启动《格萨尔》史诗的翻译工程。经过几年的努力翻译，我们这套《〈格萨尔〉艺人桑珠说唱本》汉译丛书即将与世人见面，可以使全国各族群众都有机会了解《格萨尔》史诗，实现了我国政府向联合国教科文组织申报世界遗产时许下的“要在几年内让《格萨尔》工作取得显著成效”的承诺，又能以此丰富中华民族的文化宝库，为实现中华民族伟大复兴的中国梦提供文化智力支持。

四

翻译工程必须遵循翻译标准，实施精品战略。中国的翻译理论和实践在世界上有显著的地位。《格萨尔》藏译汉项目是西藏自治区重大文化工程，为了保证翻译工程的质量，项目领导小组办公室专门制定了《翻译要则》，统一了名词术语。在项目开展中，要求项目参与人员树立精品意识，实施精品战略，将“科学本”与“文学本”相统一，力求达到艺术翻译的高度，使《格萨尔》汉译本成为经得起时间和实践的检验、经得起人民群众的检验、经得起国内外专家学者的检验的典范之作。在质量上，译文总体上遵守“信、达、雅”相统一的原则，以信为本，遵实崇本，雅不背信，辞尚体要。同时，忠实于原作的内容、形式和风格，保持译文的真实性、文学性和文化性，充分展现《格萨尔》史诗所蕴含的文化内容和民族地域特色。在技术上，译文总体上遵守原则性和灵活性相统一的原则，韵散结合，直译与意译相结合，坚持真实性，把握文学性，体现时代性和文化性及民族、地域特色。

当然，《格萨尔》史诗是一门内容丰富的学科，它包罗万象，错综复杂，涉及政治、军事、历史、地理、民俗、宗教、语言（方言、词汇）、文化等各个方面，在研究和翻译过程中也会遇到各种各样的困难。可以说，系统地翻译一整套《格萨尔》史诗丛书，我们没有可供借鉴的有用经验，只能摸着石头过河，慢慢地去研究和探索。对于我们自身而言，整部地翻译《格萨尔》史诗故事，要求译者既要专精，又要博通，而事实上对于每部史诗故事的翻译，又必须经历一个初译、译校、编校、再校的反复过程，一个人很难独立完成全部的工作内容。尽管如此，我们并不回避这些困难，有些时候还将课题组的参与人员集中起来进行统稿和研讨，尽量达成基本统一的意见，诸如《〈格萨尔〉藏译汉项目规范术语》（样本）就是这样反复琢磨出来的。我们付出了艰辛的努力，这项工程基本已经完成了，然而我们却越来越感到翻译工作的艰难，项目开展中有许多问题还值得深入研究和完善解决。即使丛书得以出版，其中依然会存在这样或那样的不足甚至错误，希望广大读者和专家批评指正，以便我们以后有机会进一步修改、补充、完善和提高。

在《〈格萨尔〉艺人桑珠说唱本》汉译丛书即将出版之际，我们衷心感谢自治区党委政府对这项重大文化工程的高度重视以及在财力、物力等方面给予的大力支持和关心。同时，还要感谢自治区社科院几届领导，长期从事《格萨尔》抢救、录音、整理的科研人员的大力支持和辛勤劳动，感谢中国社会科学院民族文学研究所及全国《格萨尔》工作领导小组办公室、西藏大学、自治区档案馆、自治区电视台、布达拉宫管理处、西北民族大学《格萨尔》研究院、青海省文联等相关部门专家学者的鼎力帮助。正是在多部门的专家学者的通力合作下，才如期圆满地完成了这项文化工程。

2015 年 12 月

于拉萨

内容梗概

在岭王降伏霍魔门姜，进而打开谷物宝藏，使六道众生安乐享福之际，达戎大王超同心中滋生如火贪念，日夜无休止地盘算着蝇头小利，下令部中以商贾阿亚坚参和尼玛坚赞为主的一百名驮夫，带上鹿茸麝香等名贵药材去往汉地经商。时过三日，达戎商贾们来到斯玛地方，在斯隆姜曲边界安营扎寨稍作歇息。斯玛地界守卫立即将此消息上报斯玛托贵扎赞大王，大王即刻召集大臣亚麦琼拉和亚麦玉珠等人速去达戎扎营之地，言辞犀利地盘问达戎商贾们的来历并强行收缴草场费用，还将达戎商贾及其货物一并带到斯玛大王殿前。达戎商贾尼玛释迦为了保全大家性命，谎报此等货物实乃上贡汉王之贡品，如有缺漏定会招来汉地法纪严惩。斯玛大王因受神灵迷惑，随即改变初衷，释放达戎商贾和随行人等并遣送其返乡。

此后，就如姑母南曼杰姆所降预言般，岭王幻化成马头明王的寄魂鸟恰查德乌对王叔超同降下不实预言：今年必须降伏斯玛马宗取得宝马福运，如若王叔超同亲自带兵出征，达戎部落必定名震四方。超同心花怒放，强烈要求白岭属兵相扶相助做好达戎的援军。于是，岭王颁布口令要求达戎家兵打好先锋，白岭属兵全力相助。达戎先遣部队到达斯玛地界姜曲边缘，与斯玛军队激烈交战，将斯玛达都赞布等三员大臣送上西天。斯玛雍仲拉杰因诚心向佛，随即归顺达戎超同，于是指引岭军拨开重重迷雾，使岭军顺利越过千难万险，最终包围斯玛城堡，将斯玛勇将一一击败。斯玛大王忍无可忍杀入岭国阵营，虽然大开杀戒使无数岭军殒命，但终因寡不敌众在准备逃往天庭之际，被格萨尔大王砍断天绳摔落地面，斯玛马宗随即被降伏。岭国王臣们来到斯玛宝马福运寄魂山，顺利取得斯玛宝马福运。

一

穆布董的族系由上岭赛巴八部、下岭穆江四部、中岭文布六部三大部落开枝散叶而来，其掌权黄河下游的历史在《由恰岭诺布宝库》和《世界形成史》中均有记载，其中记载了掌控地、水、风、火、空等五种元素的幻化大王神子诺布占堆将要诞生人间之际，顶宝龙王[1]之女龙女梅朵拉泽由莲花生大师亲自指派到人间做僧伦之妃神子之母。此时，岭部长支达戎势力强盛，加上对觉如[2]的诞生多有不悦，因此将她们母子驱赶到下游玉隆松多之地。果妃母子在下游安家并先后将达姆三头魔怪、米贵拉玛、夏颇十部等有形无形的妖魔鬼怪一一降伏。时至觉如年满十二岁之际，在拉鲁年神等各方神灵的佑助下，最终在位于下游玉隆松多之地，建起了桑珠达孜宫和长形茶城。而后，在其年满十三岁时，参与了将嘉洛顿巴财富、妙龄珠姆夫君之位、白岭大王金座主人三者为赌注的白岭赛马大会，觉如奋勇夺魁，成为上至天竺下至古杰地域，财富可与龙神媲美、神变可与天神相当、掌控全局、威名四震的大王。年满十五岁时，觉如首战便直指北方魔地，往魔王鲁赞额间射利箭；进而锋转黄霍之地，往白帐大王颈上鞴马鞍；之后进攻穆布姜国，巧用毒酒杀萨当；最后激战古乃门隅，砍断天梯斩辛赤，并烧毁千山城宫殿，将阿扎六十部消灭殆尽后，将附近南方十二部也收归

1 顶宝龙王：又译邹那仁青，马品木湖（又译马盆湖）龙王，格萨尔的外祖父。由于湖中龙族违反天条，因而天降瘟疫，龙族全部染病。莲花生大师施法治愈龙族，龙族为了感谢大师恩泽，除奉献龙宫奇珍异宝外，还应大师所求，龙王邹那仁青奉献上三女梅朵拉泽。后来，梅朵拉泽与岭国幼系首领僧隆匹配成婚，生下格萨尔，故史诗中称格萨尔为龙甥，即由此而来。

2 觉如：格萨尔王幼年时期使用的名字。关于此名的含义有多种说法，有的说是康区方言中对双耳竖立者的称号，有的说是圆球，也有的说是丑陋者，凡此种种。

帐下，且安排戎拉坚参守卫南门。随后收服谷物宝藏宗，进而向四面八方开拓商路，部落日渐繁荣昌盛。

此时，王叔超同终日盘算着如何获利之事，下令部中以商贾阿亚坚参、尼玛坚赞和诺布欧珠为主的一百名驮夫用三百九十头骡马驮负鹿茸、麝香、油炸馃子、藏区的氆氇、袍子等货物前往汉地经商。商贾们于第二十三日来到斯玛边界，在斯隆姜曲边缘安营扎寨。当地人闻所未闻，更未曾亲眼见过缰绳串有天珠的骡子、戴有金质马铠的骏马、绿松石般犄角的犏牛。于是，当地人将此事向斯玛托贵扎赞大王禀告。托贵大王深思熟虑后觉得此等商贾并非从天而降，也非钻土而出，一定要弄清此乃何方人物。于是，托贵大王说道："呀！殿前臣等听我言！我等宝贝般的家园，令游手好闲之人想插手，贪婪之辈想独吞。今年鸿商富贾来到此地，荒山之顶插经幡，经幡随风到处飘；平静水面起火焰，四周鱼群难安宁；山岩之地来赛马，岩路变为纷争地。速速打探这些商贾是来自天竺、汉地、泥婆罗、于阗、卫藏四茹、大食、门隅等国中的哪个地方？"说完，托贵大王将命令之歌用青龙咆哮调唱道：

唵嘛呢叭咪吽！
阿拉[1]唱自蓝天上，
青龙咆哮声震耳，
乌云翻滚紧随至；
塔拉唱自山顶上，
雪峰耸立入云霄，
雪狮绿鬃显丰满。

1　阿拉（塔拉）：在《格萨尔》史诗中，艺人演唱时常常以"鲁塔拉"或"鲁阿拉"等作起音，是开始吟唱史诗时有音无意的衬词，作为唱腔的起音曲已成定格。

高亢之歌属大官，

威震三界[1]之日唱；

委婉之歌属女子，

出嫁之日吉祥歌；

威仪之歌属英雄，

迎战杀敌之勇歌。

上供水晶岩宗中，

大神珠拉杰布鉴，

威力无边镇群山，

祈愿截断风之声；

中供花花山岭中，

力大无比仲拉鉴，

矫健身姿游山岭，

祈愿猛士添勇气；

下供水中龙神鉴，

坐骑金鱼游深海，

祈愿所向无劲敌，

祈愿成就无穷尽！

1　三界：指欲界、色界和无色界。在佛教宇宙观中，三界是一切众生六道轮回的处所。

上方朗赤地界中，
赞达隆蓝色宫殿，
福运成就皆圆满，
四方城门皆是宝，
世间再无可媲美。
福运之城蓝色宫，
外墙铸铁铁皮造，
中间黄铜生铁造，
内墙真金白银造。
宫殿外围修城墙，
抵御外敌来入侵。
城中忠心耿耿者，
狮虎鹏龙般大臣；
打败威力之师者，
内臣霞嘎托杰儿；
对战阎王般劲敌，
所向无敌三勇士：
朗亚亚麦玉珠一，
则庆亚麦琼拉二，
达赞亚麦赞拉三，
大王议事三心腹，

出谋划策未出错。
英雄朗拉赤赞一，
亚麦玉珠贵杰二，
兰麦赞都朗杰三，
三者之上无勇士。
沟头瀑布难抵挡，
峡谷窄路难阻挡，
翻滚火焰难抵御，
干湿柴火均烧毁。
难敌勇士有三位：
辛都仲纳奔图他，
百万军中佼佼者；
夏赞贵布珠杰他，
一宗之中佼佼者；
鲁赞朗拉冬堆他，
十八部落的首领。
无敌威猛三勇将，
声名贯耳传四方，
此等男儿谁能敌？

托贵扎赞大王我，

如同司命阎王爷，
所向无敌战沙场，
刀枪不入金刚身，
我乃赞魔的后代。
此生我的前世为，
九百僧众聚集地，
担任寺庙总管职，
比丘朗杰是我名，
寺中琐事皆操持。
无辜蒙冤造诬陷，
打入牢狱受惩戒，
受尽地狱般磨难，
断气之时怨恨生，
诅咒祈愿下辈子，
转世化身能成为，
六道众生主宰者。
于是转为今世身，
所盼之事皆成真。
大官不再去敬畏，
劲敌无需再惧怕，

南瞻部洲[1]的天下，
我行我素称霸王。
这些均已成事实。

在座各位大臣们，
最近听闻是这般，
斯玛大峡谷之地，
莫名来了众客商，
稀奇珍宝无计数，
驮负百来头骡马。
不明来历客商们，
安营扎寨霸草场，
吞食生长的草木，
清澈溪流变泥潭，
贪婪之心比山高，
制伏此等有何招？
亚麦琼拉勇士一，
赤赞奔图是其二，
朗拉赤赞为主心，
率领三百轻骑兵，

1　南瞻部洲：在佛教宇宙观中，同一日月下的天下为一个小世界，以须弥山为中心，东有东胜神州、西为西牛贺洲、南有南瞻部洲、北为北俱芦洲。

前往商贾的营盘。
汉地泥婆罗拉达，
何方人士无区别，
一棵青草一两金，
一滴清水一两银，
速速收取草场费。

在座先锋勇士们，
战前议和要智取，
善言要像绸缎般，
牢记犹如石刻般。
世间古人谚语道：
上等男儿出远门，
智勇双全去议和，
能说会道幻人心，
俘获财富和挚友，
最终夙愿皆实现；
中等男儿出远门，
饮酒食肉交朋友，
最终议和成盟邦；
下等男儿出远门，

话未出口先动刀，

最终搅乱两城邦。

这等事儿无意义，

听懂歌儿记心间！

大王颁布命令后，亚麦琼拉、赤赞奔图、朗拉赤赞三位大臣连声说道："拉嗦！拉嗦！"并折回各自家中。次日清晨阳光照射山尖之时，三位大臣身挂三械[1]，气宇轩昂，如同大鹏展翅覆山峦、雪狮利爪撕肉躯、斑斓猛虎狂饮血，带领各自部中白翎、黑翎、蓝翎等三百将士前往峡谷沟口，来到商贾们安营扎寨之地。斯玛大王的臣子亚麦琼拉来到阵前，脚踏两镫，耀武扬威一番后说道："呀！贪得无厌的客商们，你等从何而来？到何方而去？珍贵财宝有哪些？不要隐瞒报实情。"说完，亚麦琼拉便唱道：

唵嘛呢呗咪吽！

阿拉吟唱的曲调，

塔拉衬托唱词意。

世间山峦之顶峰，

辛拉珠拉朗杰鉴，

驻足头顶莫远离，

今日护我成大计。

半空无际天边中，

赞都嘉达玛布鉴，

1　身挂三械：《格萨尔》史诗中的常用术语，原指三种兵器，即骑士必备的弓箭、刀剑和枪矛。本书中意为披挂、着戎装。

压制劲敌的脖颈，
助我万事皆顺利。
鲁都米森巴瓦鉴，
恩赐世间福运昌！

如若不知这地方，
东方万部朗宗城，
沟头隆欠傲山峰，
沟尾隆纳江河奔，
中间无际大平原。
斩断江河的激流，
无需依靠航行船，
只需如鱼般骏马；
腾空飞跃天边者，
无需大鹏的羽翼，
旋风武艺在我身。

如若不知我是谁，
东方万部铁城中，
南方三部的首领，
亚麦琼拉是我名，

斯玛大王的臣子。

此界并非寻常地，
无边无际如汉纸，
富饶浓雾般萦绕，
成群勇士在护卫。
来此地界客商们：
南方黑色宗堡中，
森林茂密满山间，
必有猛虎来盘踞，
哪有狐狸行走地？
斯玛城池人群中，
必有无数勇士在，
哪有外人踏足地？
于是白人白马者，
尔等从何方而来？
大王名号是哪般？
有无法纪要严守？
父母姓氏是哪个？
家中可否有财宝？
朗赤斯玛的地界，

可有熟人能联络？
可有旧仇添新伤？
今年来到斯玛界，
赤诚之心向着谁？
买卖利益又如何？
不要隐瞒吐实情。
斯玛托贵大王他，
大权空中日月般，
雪山如不能自持，
融化冰雪入平原。
众臣空中明月般，
智慧点亮黑魔障，
万众子民福齐天，
无需羡慕他人财。
勇士虎豹相遇般，
无需惧怕敌劲旅。
斯玛地界王臣前，
实情相告有出路。
古时谚语这样说：
上等男儿去议和，
未曾相识善言劝，

如同日光四射般，
商议之事用智取；
中等男儿去议和，
黑暗即将破晓般，
如同晨曦启明星，
双方利均无纷争，
最终胜利握手中；
下等男儿去议和，
出言太多头就疼，
不善倾听耳根疼，
二话不说刀出鞘，
挑起部落间纷争。
这般作为无意义。

在座势大客商们，
出门经商去何方？
想要获取多少利？
世间古人谚语道：
大鹏翱翔在天际，
实为地面的猎物，
未见猎物累断翅；

勇猛男儿挂三械，

盘算交战派上场，

未能出手小命殒；

如上客商到异乡，

获取利益为目标，

最终小命难保全。

出言利箭最好直，

计谋弯弓最好曲，

如上所喻请直言！

听罢亚麦琼拉所唱之曲，岭部中商贾尼玛坚赞心想：呀呀！斯玛地界辖朗赤上、中、下三部。我曾去过黄霍尔、朱古之地，勇猛男儿无计数。常言道，擅闯勇士守卫之地，福尽命运多舛；路遇饿狼四处觅食，羊群四散而逃；黑雕展翅翱翔天际，小鸟难逃荆棘丛林，今日一定要用谎言试探此人。听闻斯玛托贵扎赞大王是阎魔日扎后代，日后可能成为岭国战敌。如此想着，于是尼玛坚赞说道："斯玛地界英雄们，可怜我等远走他乡，何需你等大军前来？在这之前，上至天竺佛门，下至汉地法门，霍、魔、门、姜、卡契等没有我未踏足之地，我从未遇到阻拦远客之人。此番我并非贪慕钱财而来，只因生疏来此陌生地界。话说贵人可做引荐者，富贵之山草木盛，汪洋大海深难测，智者深谋多计策，肺腑之言只能向您来诉忠。"说完，尼玛坚赞唱起狡诈之歌：

唵嘛呢叭咪吽！

阿拉唱歌的曲调，

塔拉吟唱婉转调。

喇嘛本尊三怙主[1]，
诚挚之心来祈祷。
空行护法诸神灵，
驻足头顶来护佑，
莫要涣散引歌头，
祈愿诸事皆如愿！

如若不知这地方，
大象倨傲般大山，
左膀右臂两山绕，
左山野牛傲居般，
犄角迎面闪寒光；
鬃刷梳理般小路，
白绸延绵般河流，
八瓣莲花般大地；
三谷流出两条河，
犹如大鹏展傲翅，
山名地名是哪般？

如若不知我是谁，

1　三怙主：分别象征佛陀的慈悲、智慧与力量的三位菩萨，即观世音菩萨、文殊菩萨与大势至菩萨。在藏地佛寺中多有组合供奉。

天竺地界的北面，
卫藏四茹的东面，
中原汉地的西面，
福运昌盛花岭地，
上中下岭分支中，
上部赛巴八支中，
阴面红岩城堡中，
达戎大官的侄子，
尼玛坚赞是我名，
有人称尼玛伦珠，
有人呼尼玛占堆。

达戎威严部落中，
格萨尔王的王叔，
白岭部落主心骨，
王叔达戎超同他，
总管戎查的弟兄。
今年超同下命令，
我等不能去违抗，
为了获利走他乡，
汉地货物运卫藏，

卫藏货物运汉地，
汉藏两地分界中，
珍宝货物作交换，
两方获利各欢喜。
金银绸缎等货物，
下方汉地运藏地，
良药麝香和鹿角，
冬虫夏草等草药，
藏地货物运汉地，
汉藏两地架商路，
此乃商人的想法。
于是琼拉人中宝，
此等符合汉法纪，
黑白真伪皆分明。
卫藏地界的商路，
货物交换皆准许。
上方天竺佛法昌，
佛语深奥诉真理。
是否这般琼拉官？
莫把客商来阻拦，
牲畜要把货物驮，

耽搁太久要瘫倒，

大官细细来思量，

听懂歌儿是好汉！

尼玛坚赞歌音刚落，亚麦琼拉说道：“呀！你所言极是，俩人之间的言语，如同砍树要度量。相反口不择言后，恐怕小命难保全。若你有通关文牒，即日之内速速送至斯玛大王殿前，方可随意走动，择地而栖。”达戎尼玛坚赞连忙应声：“拉嗦！我等来此陌生地界，犹如羊群遇饿狼，虽想逃脱难成就，几只殒命狼群知；我如荆棘丛中鸟，实乃鹞鹰的美食，失去飞翔的自由，是否活命鹞鹰知。我等来自花岭国，去往汉地要经商，实乃迷路到此地。如今客商筋疲力尽，骡马草粮断绝，驮夫饥饿难耐，真是命运多舛，没有援兵来相助，这些苦难向谁诉？古人谚语这样说‘驮子去向靠主人，马儿奔向靠土匪，胆小狗儿任人拴’。如上所喻般，我等弱小客商所驮之物有黄金、白银、麝香、鹿角、虫草等名贵货物，都是上贡汉地之物。如若我等商贾和驮夫有任何闪失，恐难交差。你等富裕之辈怎需垂涎乞丐手杖？就依琼拉所言，明日晨时，定派遣信使前往大王殿前。”斯玛臣子们也嘱咐达戎商贾定要言出必行。

次日，当日光照在山尖时，斯玛臣子们来到大王宫殿中，将与花岭商贾们的对话一字不漏地禀告给大王，并将达戎商贾们的承诺一并上报。但因大王是阎魔日扎的后代，听闻此言便火冒三丈，面红耳赤，怒目圆瞪，怒火攻心，怒发冲冠，不断击掌，来回踱步，口中念叨：“短命绵羊到豺洞，寿数散尽到豺窝；短命山羊到狼洞，寿数散尽到狼窝；短命人儿到魔国，寿数散尽见阎王。无需叫唤客已到，福报男儿的门口，无福之人疾风般；司命阎罗的殿前，短命之人冰雹般；大鹏展翅的空中，短命小鸟成群飞。命你等前去三位臣，很有必要在那客商前显显威风，取其煞气。南瞻部洲中，大王我名震四方，臣民富庶，何时畏惧他人？”说完，斯玛大王唱道：

唵嘛呢叭咪吽！
阿鲁塔鲁斯玛歌，
塔鲁塔鲁斯玛调。

上方阳神[1]请鉴知，
珠拉独角神鉴知，
命主扎赞请鉴知，
水神鲁魔巴瓦鉴！
紧要关头不护佑，
一生上供无意义。

如若不知这地方，
斯玛朗赤上方部，
朗措富饶玉宗堡，
外部铁墙来铸就，
内部金柱来支撑，
珍珠绿松石珊瑚，
各色珍宝来镶嵌，
王臣议事的场所，

1　阳神：藏地古老神灵系列中的父系神或男性神，一般认为其居于男人右腋窝下，一旦战神与阳神离开某男人的躯体，他就很容易受到外来伤害。后来，阳神信仰在藏族民间信仰中逐渐衰微，渐渐被护法类战神信仰所取代。

繁华富足的地方。

我乃何人定知晓，
南瞻部洲地界中，
高耸矗立山尖上，
威猛大鹏展傲翅，
锋利铁爪人心颤；
绿鬃丰满的雄狮，
众兽之中称王者。
东方托贵大王我，
黑头人类的大王，
转世此身的前世，
投身人间的肉身，
寺庙大殿佛堂中，
一生为佛的僧人。
不善恶念是其一，
在劫难逃是其二，
因果报应是其三，
降生日扎族系中，
位高权重的主人。
下方汉地敬重我，

上方天竺敬畏我，
大食索波霍尔门，
哪敢不把我奉承？
我乃位高的大王，
六艺精通的好汉，
金银珠宝皆满仓。
世间芸芸众生中，
无人敢与我较量。

蔚蓝空中的玉龙，
藏身乌云滚滚处，
震耳雷声轰隆隆，
不知何时降霹雳。
如此这般斯玛地，
布满英雄好男儿，
如遇敌人取首级，
不知何时丢性命。
南瞻部洲斯玛地，
所向无敌劲旅一，
四蹄生风骏马二，
人中豪杰托贵王，

威名远扬震四方，
是否这般臣子们?
幸福日子如今到，
未曾邀请客临门，
未曾等待福临门，
刀未出鞘鹿已死。
岭地觉如管辖内，
达戎部中商贾们，
斯玛神灵引此地，
这般成就可知否?
聚集此地臣子们，
明日太阳升起时，
上方达部查姆和，
下方黑铁六部落，
中间中部三分支，
部落上中下三部，
速速派遣信使去。
能说会道善言者，
斩钉截铁决议者，
所向披靡能武者，
四蹄生风能骑者，

弯弓利箭能射者，

幻化多变的巫师，

此时正是用武时。

上下部落分支中，

抽调士兵百来位，

岭国安营扎寨地，

要像暴风般席卷。

莫取性命留活口，

若是强行来进攻，

只能让其命归西。

若是缴械来投降，

黑绳捆绑抓回营。

珍宝骏马和骡子，

金银珠宝和氆氇，

良药麝香和鹿角，

全部拿回不留痕。

如若擒得劲敌归，

要像父母般爱护，

之后如何来行事，

王臣商议来解决。

听懂歌儿记心间。
不听不会重复唱！

斯玛大王唱完后，琼纳珠杰赞普从右列虎垫起身唱道：“在此王臣听我言，明日进攻花岭营盘时，行军布阵要这般。”于是，琼纳珠杰将布阵之歌用江河缓流曲调唱道：

唵嘛呢叭咪吽！
阿鲁塔鲁唱塔鲁，
塔鲁唱歌的曲调。

辽阔无垠大地上，
珠拉朗杰赞布鉴。
高高耸立山尖上，
赞玛夏森地祇[1]鉴，
食敌肉来饮敌血！

此地何方定知晓，
东方斯玛上朗赤，
名乃威严青龙城，
位高尊严的母城。
我是何人定知晓，
东方红岩瀑布处，

1 地祇（索朵神）：指保佑一方的主要土地神。

高山耸立如天柱，
大地如同双翼展，
茂密森林的深处，
五谷丰登好地方，
五方部落的首领，
琼纳珠杰是我名。
斯玛大王的内臣，
说话斩钉截铁般，
与敌较量能常胜，
熟练操控六兵艺。

于是在座的王臣，
若要比喻是这般，
红斑笑纹的猛虎，
呲牙咧嘴饮血肉，
遇到猎人的偷袭，
血染虎皮命呜呼；
辽阔海洋中鲨鱼，
大嘴一张鱼入口，
海螺却是命中魔，
钻入腹中碎心肝。

如上所喻达戎商，
百万兵卒定能灭，
后援非人是魔子，
岭国觉如幻变者，
与他较量未必胜。
若再比喻是这般：
众疾在身难舒适，
暴饮暴食难消化，
巧嘴能言又善辩，
毫无节制受惩戒。
立下誓言走弯路，
断了后路怎踱步？
岭国无敌觉如儿，
最好与他无瓜葛，
如果交战民遭殃，
最终得胜难断言。
上等男儿先思量，
命运如同日升般；
中等男儿先商议，
众人智慧能断事；
下等男儿后思量，

兵卒浴血沙场亡。
国破人亡成结局，
这般命运难逃脱。
之前经验可比较，
阿钦黄霍的领地，
霍尔首领白帐王，
如火贪婪愤怒心，
率领兵卒攻岭国，
最终丢了亚斯刀，
霍尔辛巴被俘虏。
与此相同萨当王，
骄傲自大的贪念，
与那岭国做较量，
最终误饮毒酒亡，
王子玉拉顺岭王。
之后辛赤朗拉王，
仗有自在天法力，
想把世界来掌控，
国土最终落岭手，
敦迥达戎顺岭王，
不是耳闻亲眼见。

在座诸位王臣们，
大王旨意难违背，
若有闪失有怨言。
上师佛法听者少，
堕入恶道生悔意。
今日王臣来议事，
向上禀告和颁旨，
都需谨言并慎行，
最好不要留遗憾。
在座白岭商贾们，
驮负财物到边境，
无须与他们交战。
我方身挂三械者，
如果不能自量力，
后果怎样难知晓。
是否这般王臣们？

听懂歌儿是甘露，
不听不再做解释！

琼纳珠杰唱完。斯玛大王心想：杀鸡焉用牛刀？如若开战，岭国兵卒就如刀下羔羊般任人宰割，何需惧怕？臣子琼纳珠杰他智勇双全，忠诚又有担当，就如他所说般，没有必要对远方客商刀剑相对，但若置之不理，斯玛法纪何在？必遭众人嘲笑。于是，斯玛大王下令臣子琼纳珠杰等三员大将带领三千大军前往岭军驻扎地询问详情。三员大将接到命令后立即集结士兵前往战营，就在众军到达擦隆山下时，看见岭国营盘中营帐如点点繁星，四周烟雾缭绕，到处支锅垒灶，营帐周围盘坐着如虎、如豹、如熊般的狼犬。

琼纳珠杰来到营前，营中商贾阿亚坚参和诺布欧珠连忙上前将他引入帐中。大臣琼纳珠杰露出十八般凶相对岭国商贾们颁布斯玛大王的旨意，言辞责令他们未经大王同意怎能在斯玛地域安营扎寨？此行为已触犯法纪。达戎商贾们说道：“我们来此地界，未曾跑马踱步，刀剑未曾出鞘，这般诬陷说辞实在毫无根据。”虽然知晓斯玛臣子为财而来，达戎商贾们却装聋作哑无意应答。斯玛大臣琼纳珠杰说道：“此番，岭国商贾们在没有大王的通行许可下擅自闯入斯玛地域，实属自寻死路。如今要服从大王旨意，财物、人员皆要带到大王殿前。”于是，大臣琼纳珠杰风风火火地将他们押向王宫。

大家来到托贵扎赞大王城堡前，九层青殿犹如宝玉曼札般映入眼帘，南门钢铁造，西门生铁造，大门由鎏金镶嵌、海螺妆点，柱子由珊瑚、绿松石镶嵌，就连花岭的森珠达孜宫、欧曲朝宗、赤金城、艳紫茶城、喇卡任莫等城堡也难以媲美。斯玛臣将随即又将达戎商贾和驮夫拦在城堡的围廊中，把其中三名主要人员带至王臣聚集之处，勒令他们下跪在殿前黑色石板上，而此时斯玛的大臣们正在虎垫和豹垫上举杯畅饮，享用美食佳肴。高居宝座上的斯玛托贵大王捋捋胡子，怒目圆睁地说道：“呀！如同乞丐般的三客商，你等来自花岭国，听说花花岭国地，一来大官有权威，二来富商财满贯，三来男儿武艺强，四来言者能善辩，五来智者多谋略，六来法纪很严明，七来勇者无畏惧，八来外表很俊美，九来善变能幻化，十来预见未来法，这般佳话就如杜鹃鸣叫般十里相传。所听之言未必真，岭国这般佳话可信否？大权在握的官吏有几位？深谋远虑的叔伯有几位？外表俊美的少年有几位？善于幻变的咒师有几位？白岭觉如非神非魔者，搅乱三界的魁首，放空阎王地狱者，南瞻部洲的首领，这般美誉真实否？莫要信口雌黄，说实情！”斯玛托贵大王说完唱道：

唵嘛呢叭咪吽！
阿鲁阿鲁唱阿鲁，
塔鲁塔鲁唱塔鲁。

无边天际帷幕中，
魔部阳神如扎鉴，
欢喜之王护法神，
大王一世的阳神，
莫要涣散来佑助。
天空云霞帷幕中，
天神玉珠切瓦者，
战无不胜之护神，
快快护佑莫远离。
大地暴风帷幕中，
隆扎纳布曲都神，
梅巴米森大王鉴。
司命麻风病之主，
大王福运之财神，

今日佑助我大王！

如若不知此地方，
东方朗赤地界中，
不变青色玉宗城，
部落福运昌盛地，
六谷[1]丰收好地方。

如若不知我是谁，
我的身世是这般，
达旺占堆是父名，
占赛措杰是母名，
拉杰托贵是我名，
如今称我托贵王。
青色玉宗城堡内，
如虎大臣来围绕。
不畏劲敌来袭击，
如狮男儿守雪宗，
如遇劲敌更欢喜。
我如龙王福满仓，

1　六谷：藏族民间认为人类种植六种谷物，即青稞、小麦、豆类、芝麻、荞麦和油菜。另一种说法认为六谷即青稞、小麦、豆类、荞麦、白芥子和铃铛麦。

从未惧怕饥荒到。
部属臣民五十部，
如虎威猛勇士中，
举世无双有三位，
所向披靡有三位，
无敌勇猛有三位，
守护三位勇士者，
萨魔鲁魔赞魔三，
恰魔珠魔帕魔三，
辛魔哲魔超魔三，
十二小魔来佑助。
忠心护国之大臣，
朗嘉托隆是其一，
琼纳昂钦是其二，
善用智慧计谋者，
布阵掌控全局者，
以上句句都属实。

在座岭国商贾们，
古人谚语这样说：
能降霹雳之玉龙，

盘旋天际无节制，
头顶宝物恐丢失；
饮血花斑之猛虎，
暴食狂奔无节制，
利箭穿心恐丢命；
天空飞翔玉翅鹰，
遨游天际无节制，
暴风袭击散羽翼；
无耻岭国商贾们，
游走他乡无节制，
为了钱财恐丢命。
还有比喻是这般：
高者若不能自制，
小心碰上日月星；
红岩若不能自制，
小心霹雳来击垮；
达戎商贾太自傲，
如同小鸟不安分，
竟与他国成敌手，
最终小命难保全。

在座白岭王臣们，

之前事迹有这些，

虽未近处亲眼见，

早有耳闻是这般：

西边鲁赞大王他，

幻化之术佼佼者，

最终殒命觉如箭；

北边白帐大王他，

福运齐天佼佼者，

最终殒命觉如剑；

东边萨当大王他，

勇猛善战佼佼者，

最终殒命于毒酒；

南边辛赤大王他，

魔怪神力的主人，

最终殒命于天梯；

如上大食大王他，

财富宝运的主人，

最终宝藏落岭手。

如上所喻上天竺，

下至汉地法门间，

大食泥婆罗里域，
阿扎象雄索波国，
上百人中佼佼者，
一一被那岭王灭。
暴风雨和岭国王，
何时来到不知晓；
妖魔鬼怪和觉如，
要去何方不知晓，
此番比喻乃属实。

今年年初时分起，
觉如魔爪伸北方，
是福是祸谁知晓？
觉如食鼠乞丐样，
掌握神鬼之幻化，
时有时无谁知晓？
总管行尸走肉般，
智慧计谋集一身；
超同两面䥥鼓[1]般，
幻化咒术之主人；

1 䥥鼓：一种可以左右两面摇击的小鼓。密宗修行者所用乐器之一，常用来比喻搬弄是非，挑拨离间之人。

妙龄轻浮珠姆她，
婀娜多姿之美人；
岭国狡诈三十将，
无敌司命三十人。
以上这些属实否？
不要隐瞒说真话。
说出实情能利己，
不说恐怕命难保。

达戎商贾听我言，
你等这般贪婪者，
自作主张扎营盘，
茂盛青草任意吃，
清澈溪水任意喝，
任意践踏青草地，
无路之处辟蹊径，
罪大恶极不可恕！
这等罪孽的惩戒，
富商手中的财物，
以及驮物的牲畜，
都要上缴给本王。

之后三年时间内，

花岭斯玛两国间，

是否议和可商议，

若能安好两国福，

不挂三械开杀戒。

是否听清达戎商？

斯玛朗赤大王我，

财富可与龙王比，

勇猛世间成佳话，

觉如怎能与我比？

达戎三人记心间，

不听不再做解释！

听完斯玛托贵大王所唱之歌，达戎商贾尼玛坚赞心想：呀！无力与敌抗衡前，若不能事先低头示弱，就如迷途羊羔入狼窝。再加上斯玛地方的这帮人奸诈无比，强词夺理，为了让达戎商贾和驮夫们能活命，一定要想好对策。斯玛大王贪婪之心比山高，权威比火焰还炽热，对我们达戎客商如鹞鹰捉小鸟、小鸟捉虫子般大施淫威。今日达戎客商所带之物为成年累月积攒的麝香、鹿角、虫草，还有产自大食的红景天，天竺的六味良药等价值上亿的货物，暂时可能要落入斯玛大王的仓库中，待到时机成熟时可让他们加倍偿还。威严无比的斯玛大王，他是魔怪马扎如扎幻化之子，身上有帕都、珠都、恰都等魔怪之印记。如果属实，终有一日神子定会将他降伏。今日若不能略施小计将他迷惑，我等客商和仆从难逃命劫。于是，尼玛坚赞说道："呀！阿杰拉杰仁波切，斯玛大王托贵啦！你所道之言句句真，此番真是难以预料啊！我等迷途到斯玛，安营扎寨来休憩，如今懊悔已无用，何等法纪严惩全在大王和众臣之手，我等毫无怨言。古人谚语这样说，'大官刚正臣民福，遇见良医百病除，大使聪慧两国和'。如上所说般，扎贵扎赞大王你要深谋远虑，以免将来两国之间起纷争。我等岭国客商定会遵循大王命令。"达戎尼玛坚赞嘴无二话，如石沉水底般将上至岭王格萨尔、各位叔伯、家眷和岭国三十英雄，下至马倌、厨子等人物的历史一一用歌来唱道：

唵嘛呢呗咪吽！
鲁阿拉是歌之供，
鲁塔拉是歌之意。

无边无际天空中，
七色彩虹帷幕里，
大梵天王白螺髻，
十万天兵来围绕，
今日来把我佑助。
中空云霞帷幕中，
火焰暴风圆环中，
年达玛布显威仪，
十万年兵来围绕，
食敌肉来饮敌血。

大海龙王宫殿中，
波涛汹涌之中心，
青色宝玉饰发髻，
是那顶宝之龙王，
十万龙兵来围绕，
宝藏福运赐予我。
护法命主诸位神，
莫要涣散佑助我。
玛杰战神[1]有神速，
患难之际佑助我。
至尊救度母[2]鉴知，
助我逃离众劫难。
十三格如护法鉴，
如影随形佑助我。
诸位护法地祇神，
今生顶礼的喇嘛，
危难之时来呼请！

虽然不知此地界，

1　战神：意为御敌之神，原指专门保护藏地男人的一类神灵。据说，每个男人都有自己的战神与阳神，战神居于男人的右肩，阳神居于男人的右腋。《格萨尔》史诗中特指岭国骑士的个人保护神。
2　至尊救度母：救度众生脱离轮回灾难的白、绿度母菩萨。

天空震耳之玉龙，
攀附云层上青天，
没有乌云怎鸣叫？
群山之峰冈底斯，
雪狮盘踞的家园，
没有雪山怎傲居？
无边无际的海洋，
鳌鱼环游的家园，
没有大海怎生存？
东方朗赤斯玛地，
福运满载之玉山，
犹如玉龙升青天，
天际相连如云雾；
高高屹立九层殿，
犹如大鹏展雄翅；
装饰宫殿的珍宝，
犹如孔雀开屏般；
宫顶宝幢[1]和华盖，
犹如日轮光辉般；
随风飘摇的彩帷，

1 宝幢：胜利幢，宫殿屋脊上象征胜利的一种装饰品或供神物品。

犹如麦穗随风舞；
宫殿之中诸大臣，
犹如丛林之猛虎。
宫殿样貌是这般。

世间谚语这样说：
珍宝满仓的富商，
莫要游荡守家园，
四处游走遇劫难；
武艺精湛的勇士，
莫要到处去树敌，
太过自傲命难保；
油光鬃毛千里马，
莫要乱奔要安分，
不能自制失前蹄；
婀娜多姿妙龄女，
莫要闲逛守家园，
太过招摇遭耻笑。
这些谚语藏地传，
句句在理不戏谑。
未开口前说笑话，

就如锦上添花般。
美食享用前供奉，
不然就如那丧宴；
锦衣华服要镶边，
不然难有衣服样。
这些谚语很贴切。

我乃花岭国之中，
火焰一般达戎部。
超同大官的仆人，
无官无爵者是我，
无勇无谋者是我。
超同口谕如霹雳，
命我三位小人物，
珍宝财物驮骡马，
前往汉地供汉王。
中原汉地路途远，
劫匪小偷不计数，
无法合眼心难安，
食不知味日夜忧。
黄金白银和绸缎，

六味良药无价宝，
上供汉王之财物，
一针一线若丢失，
达戎大官要严惩，
小命也许难保全。
可怜苦命商人我，
官命难违去汉地，
迷途误入斯玛国。
敬母佳肴入狗嘴，
敬父财物落贼手，
如此苦命世间无，
所言没有半句假。

在座托贵大王啦，
东方花岭的样貌，
我等怎会不知晓？
玉隆松多在谷尾，
上方金色翅羽般，
嘎朱色三在中间，

之外上万丹玛[1]部，
贡觉黑白阿拉部，
还有黑白黄琼布。
至此再向西行走，
两谷河流三分支，
红色火焰般山谷，
这些都是岭国样。

要说白岭的族裔，
很早之前的时日，
穆布董族之后裔，
曲潘金色大树般，
后世开枝散叶来，
白岭长中幼三支，
戎萨嘎萨穆萨三，
分别嫁入三支系。
戎萨诞下戎查儿，
嘎萨诞下玉杰儿，
穆萨诞下僧伦儿。

1　丹玛：格萨尔手下不可或缺的人物中最为忠心不二、智勇双全的人物之一。他的光荣业绩伴随着格萨尔一生，对其称谓也随着《格萨尔》故事的进展与其本人特征的显现而有所变化。这些不同的称谓有擦香·丹玛强查、丹玛玉杰托桂、丹玛赤杰桑珠等。

僧伦卡玛[1]大王他，
迎娶嘉萨诞嘉擦，
郭萨诞下格萨尔，
戎萨诞下戎擦儿。
三人虽是同父生，
却又不同三母亲。

再说花岭这地方，
国力强大根基深，
所有男儿是英雄，
所有女子都贤惠，
大王预见未来事，
叔伯智慧在心间。
此地法纪很严明，
鸟儿不能自由飞，
犯戒瞬间被打落；
妖魔鬼怪无处行，
犯戒瞬间被降伏；
闲人不能随意闯，
犯戒瞬间丢小命。

1　僧伦卡玛：格萨尔及其兄长嘉擦的父亲名。

入定修行之圣地，
解救地狱之苦难，
是这三十成就者。
充满智慧之圣地，
天文历算者三十，
算命卜卦者三十。
护法呼之即刻到，
地祇神力霹雳般。
武艺超群岭军队，
今日之前的时日，
所向披靡无对手。

善于幻变之岭王，
与那九国来交战，
终被降伏归岭国。
要说总管这老臣，
足智多谋之智囊，
世间无人可比拟。
围绕岭王之英雄，
都是神子幻化身，
与敌较量如霹雳，

世间无人称对手，
是否真实看事迹。
魔霍门姜朱古国，
实力雄厚诸国家，
犹如梦魇般消灭。
与鲁为伴染瘟疫，
与岭为敌丢小命。
如此炫耀也真实。

在座斯玛王臣们，
莫将弱者关牢房，
会遭他国之耻笑。
古人谚语这样说：
打赢女子是易事，
欺压弱者留臭名；
打死乌鸦罪恶深，
羽肉两样无用途；
魔爪伸向放生物，
食其血肉罪孽重；
赛场小驴最可怜，
腿短怎能去追赶？

富商之仆最可怜，
没日没夜劳碌命，
达戎客商就这般。

在座大王仁波切，
我等上百名客商，
莫要降罪遣岭国。
此行路遥难预测，
请赐果腹之食物，
抵御严寒之衣物。
各种珍贵的财物，
没有独吞的勇气，
更无布施的权力。
今日落难遇劲敌，
保住性命是上策。
上座斯玛大王你，
智慧谋略在心间，
早有听闻入耳廓，
未来国运要深思！

在座大王仁波切，

如此珍贵的财物，

供奉汉王之珍品，

从未有人敢独吞。

如若放我回家园，

斯岭议和我承担，

议和之事若成功，

无尽财宝任你挑。

如今还未商谈前，

白岭客商的财物，

完好无损保管好。

斯玛花岭两国间，

不久就能成盟国，

听懂大王记心间！

尼玛坚赞歌音刚落，岭国神灵即刻用神力改变了斯玛大王的心意，他随即说道："正如谚语所说，'犏牛犊不在牛群之列，毛驴不在骡马之列，让巴草[1]不在粮食之列'。你等达戎客商和驮夫不在人之列。但你口中所言，打败女子非好汉，杀害放生罪孽重，这些话儿句句在理。如果你等口中如羊羔皮般绵软的言语没有掺假，心中更无算计之意，我就如你所愿放你们回家园。"言毕，斯玛大王心中却也在暗算着：首先和花岭议和，之后将达戎超同收买，进而将岭国收入囊中。

1 让巴草：种子可作饲料或代食品的一种野草，在牧区普遍生长。

次日，斯玛臣将们将岭国客商从牢狱中放出，随即打开斯玛宝藏向岭国商贾们炫耀稀世珍宝。之后几日，斯玛地举办射箭、赛马、各种幻术杂演等活动，彰显斯玛勇士武艺高超。岭国客商和驮夫们也装作惊讶臣服之态。十日后，斯玛大王为岭国客商们准备了十头骡马驮负食物和衣服，让他们返回岭国。达戎客商们日夜兼程赶回岭国。

二

初十之夜，岭国雄狮大王格萨尔在桑珠达孜宫德吉平措林中修行入定，突然一道光芒射向寝宫，彩虹之光霎时布满屋内。寝宫之外，半空中姑母南曼杰姆[1]身穿白绸锦服，头顶不变空行宝髻饰，右手拿紫檀小鼓，左手拿白银铃铛，胯下骑一白狮，牵引着一条玉龙，在十万空行母的簇拥下如杜鹃鸣叫般来到雄狮大王头顶上，将预言之歌用长寿不变曲调唱道：

唵嘛呢叭咪吽！
阿拉阿拉唱阿拉，
阿拉唱自天空中，
塔拉唱自大地上，
巍峨耸立山之顶，
大梵天王请鉴知。
权势威力集一身，
战胜劲敌之后盾。

此地玛域之岭国，

1　南曼杰姆：格萨尔和岭国的保护神，史诗中称她为天上白梵天王之妹，也就是格萨尔在天上的姑母，故常称其为天姑或天母。她是一位神通广大、能预知未来的女神，常以白梵天王和莲花生大师的传言人身份出现，向格萨尔或岭国传达上天的旨意，因此格萨尔的许多活动皆为“天神授意”。格萨尔遭遇困惑时，她会立即出现为其指点迷津；格萨尔遇到危难时，她会及时出现，使其化险为夷。总之，在史诗中无时无刻不有南曼杰姆的存在。

桑珠达孜是王宫，
外形华美之宫殿，
实为空性仙界中，
成就大业之宝地，
诸事如愿之福地。

我受上天之旨意，
若要比喻是这般：
来自门隅的黄鸭，
朗措之上展金翅，
不是有意来炫耀，
实为今世之机缘；
来自门隅的杜鹃，
树梢之上鸣乐音，
不是有意来炫耀，
实为春雨之使者；
来自天界的姑母，
桑珠殿内降预言，
不是有意耍嘴皮，
实为岭王解惑者。

降伏劲敌是其一，
宝马福运是其二，
白岭此战非一般。

之前达戎之商贾，
驮负财物去汉地，
斯玛托贵大王他，
财迷心窍劫商贾。
达戎富庶之部落，
金银财宝无尽数，
都被斯玛大王夺。
商官足智又多谋，
巧用计谋迷斯王，
最终破财免血光，
不久抵达玛域地。
若要制敌赴斯玛，
要把宝马福运取，
姑母预言是这般，
听懂请你放心间！

唱完预言，姑母便消失得无影无踪。雄狮大王心想：如今降伏一敌又一敌，我岭国之敌无计数。今年东方斯玛之地又出现一位魔头，上拦众人求佛之路，下劫众人经商之道，使六道众生处于水深火热之中。对此我定要解救众人脱离苦海，正如我在神、龙、年三者前的誓言般。如此想着，格萨尔大王随即变身，变成头为海螺、翅为天珠、喙为绿松石、利爪为铁、羽毛似铁铸般的大鹏鸟，飞到达戎大官之宫殿乌鸦心宗。此时，达戎大官超同正端坐在檀香法座之上，入定修炼马头明王[1]。格萨尔幻化魂鸟落在神殿椽木之上“啾啾”连鸣三声后，将预言之歌唱道：

唵嘛呢叭咪吽！
阿拉塔拉唱阿拉，
塔拉拉姆唱塔拉。

鸟王大鹏请鉴知，
念青雄鹰请鉴知，
夜间猫头鹰鉴知，
婉转杜鹃鸟鉴知，
多变鹞鹰请鉴知，
威力岩雕请鉴知，
杂多雪鸡请鉴知，
班丹黄雕请鉴知，
护法乌鸦请鉴知。
马头明王请鉴知，
达拉火焰神鉴知，

1　马头明王：密宗佛教中观音菩萨的六种形象之一，即马头观音。马头明王是观音菩萨的怒相身，多为红色。六观音分别是圣观音、十一面观音、千手千眼观音、如意轮观音、准提观音、马头观音。

助我大鹏降预言！

如若不知此地方，
威严红色山岩上，
乌鸦心宗宫殿中，
达宗查茂之寝宫。

如若不知我是谁，
红岩朗宗寄魂山，
马头明王之魂鸟，
恰查德乌先知鸟。
莫要涣散听我言！

去年年初之时起，
达戎红色火焰部，
为了获利之野心，
下令部落三富商，
金银财宝和绸缎，
六味良药世间宝，
驮负三百头骡马，
商队之中带头者，

随行人等上百名，
前往汉地去经商。
来到东方斯玛国，
不曾料想遇劫难，
价值连城的财物，
如同梦魇般消失。
商队头领和驮夫，
受尽蹂躏和折磨，
巧言善辩来解围，
略施伎俩来蛊惑，
最终小命才保住，
如今正往岭国赶。
如今复仇时机到，
莫要坐等快派兵。

归根王叔是这般，
要取斯玛宝马运，
今年时机已来到，
最好王叔能带兵，
与敌交战之先锋，
除去王叔无人担。

达戎三十万部中，
战马士兵快备齐。
耽搁太久失先机，
如若敌方获全胜，
达戎臭名将昭著。

是否超同请思量，
听懂歌儿是甘露，
不听不再重复唱。

听完此歌，王叔超同眼前忽然清晰地出现东方斯玛托贵扎赞大王如玉龙升天般的蓝色宫殿，心想：呀！有先知的恰查德乌不会无缘无故降下预言，之前出征南方辛赤国时，它也曾为我预言，因而达戎威名得以响彻四方。今年达戎部落数不尽的财物被斯玛国劫掠，现在若不以牙还牙，有损我达戎部的威名。我达戎部的显赫名声不仅在汉地、藏地，甚至上自天竺佛门，下至汉地法门、卫藏、 阿里、下区朵甘思六冈、索波、大食、阿钦霍尔、古乃门隅、穆布姜国、擦瓦戎等地代代相传。有这般形容我达戎男儿，“威猛如同霹雳，令红色岩山不堪一击；勇猛如山岭突发大水，岭间落石不能抵挡；勇武如南边火苗窜出，山林草木难逃劫难”。就算斯玛大王托贵扎赞勇猛无比，达戎部落也可以集结兵力夺取王位。要说斯玛托贵大王他乃外道黑魔之后裔，降伏此人并非达戎部落私事，实乃白岭国事，常言道：“叔伯父亲无亲疏，儿子侄儿无区别，明亮眼睛无左右，胸中热血无稠稀。”此次达戎部落作为先锋攻打斯玛之国，扎拉定会鼎力相助。于是，超同把三尖金刚杵在金质案桌上“咚咚”连击了三下。这时，丹萨玉珍玛身穿红色袍子，腰系绸缎，以各色丝线装饰发辫，婀娜多姿地来到超同身前，连鞠三躬后，在吉祥八瓣莲花茶碗中倒满汉地花茶端给超同。达戎大官喜形于色地对玉珍玛说道："喂！丹萨玉珍玛，达戎大官之悲喜，此次不能比以往，就如骡子骏马不相同，黄金生铁不相同。今日幸福当空照，要说根源是这般，请把话儿仔细听！达戎商贾去汉地，途经斯玛国时，驮负财物被斯玛大王洗劫一空，还将客商抓入牢狱，干尽伤天害理之事。超同我的想法是，斯玛托贵大王他，外道恶贯满盈者，岭国注定与他战。雄狮大王诺布他，妖魔鬼怪压制者，定不轻饶此等人。此番达戎大军攻打斯玛国，白岭定会全力援助，今年此等大机缘，非我达戎部落莫属。"说完，超同唱道：

唵嘛呢呗咪吽！
阿拉塔拉唱塔拉，
塔拉拉姆唱塔拉。

马头明王请鉴知，
先见之明无明暗，
如影随形般相助。
达拉火焰神鉴知，
与敌交战之时日，
要像熊熊火焰般。
雍仲苯教之天神，
日夜守护莫远离，
教法常驻世间时，
助我诸事无劫难。

岭国诸位护法神，
世间佛法之主人，
佛法地位可齐天。

此为何地定知晓，
山尖犹如顶梁柱，
山峦犹如金刚杵，
山脉空行坛城般。
直插云霄之雪山，
雪狮绿鬃丰满地，
象征达戎地位高；
山腰羽翼展翅般，
野兽飞禽驻足地，
象征达戎国土广；
山脚平原河水绕，
山岭沟壑与山谷，
象征达戎之富饶；
红色岩山高又尖，
象征族系之威严。
险峻杂玛之上方，
赞宗乌鸦心宗城，

咒师修行入定处。

我是何人定知晓。
慈悲为怀之喇嘛，
不知佛法如凡人；
辨别黑白之大官，
不知法纪如奸人；
同甘共苦之眷侣，
不能同心如陌路，
以上都是玩笑话。
一来牵肠挂肚者，
二来心心相融者，
三来共享财富者，
四来诸事同谋者，
五来贤良淑德者，
六来能登大堂者，
七来繁衍族系者，
八来行事耿直者，
九来招财享福者，
十来慈悲为怀者，
十者一身玉珍玛。

聪慧无人能比拟，
细听超同有话说，
我有要事要商议。
昨晚夜半三更时，
入定修炼神鬼咒，
自家神灵若不修，
幻化神力怎得到？
若不入定修鬼怪，
威猛劲敌怎制伏？
之后夜半时分起，
王叔寝宫椽木上，
无缘无故鸣叫声，
不知何物细分辨。
金色圆镜之上方，
马头明王先知鸟，
羽翼彩虹般闪耀，
半空呼呼风声起，
神灵叫唤声不断，
救世预言阵阵传。

先知预言是这般：

去年藏历木猪年，
达戎十八大部中，
阿亚坚参是其一，
诺布欧珠是其二，
尼玛坚赞是其三，
达杰扎巴是其四，
白玛旺杰是其五，
嘎玛拉赞扎西等，
集结商人上百位，
驮负财物三百驮，
下令汉地去经商。
不料途经斯玛国，
遭遇不测遇劫匪，
斯玛托贵大王他，
毫无缘由劫商路。
天竺汉地和藏地，
上去客商如雪飞，
下来客商如暴风。

天竺汉地泥婆罗，
政教佛法虽不同，

经商之事却相同。
四方云游去经商，
国法民俗来护航。
达戎部落之客商，
霹雳难击红岩般，
咒语法术来护佑；
暴风骤雨难阻拦，
山峦磐石般坚硬。

今日之前之时日，
天竺汉地泥婆罗，
直至高原藏地间，
未曾无故起纷争。
天竺深奥之佛法，
汉地严明之法纪，
泥婆罗之经商法，
三者都与藏地同。
这般志同大和时，
斯玛人等如劫匪，
干尽伤天害理事，
要遭报应之先兆。

要与白岭做较量，
之前降伏无数敌，
如若还有挑衅者，
威猛岭王格萨尔，
属下天神般士兵，
如同暴风般席卷；
再者王叔超同我，
造就世界和平者，
捍卫法王地位者，
扶助弱小贫民者，
镇压顽固欺凌者。
斯玛托贵大王他，
若要比喻是这般：
杜鹃未到乌鸦叫，
最终饥渴难耐死；
暴风雨前乌云滚，
狂风席卷无影踪；
年迈之际老者癫，
死后中阴包袱重。
他乃无恶不作者，
要把白岭作敌手，

与我英雄来交战，
此番作为可稳妥？
斯玛托贵宝马运，
双手奉上献岭国；
斯玛托贵扎赞王，
项上人头献岭国；
所向无敌三位臣，
锋利金刚杵穿透；
力大无比三勇士，
血洒疆场去无回；
幻化无穷三咒师，
最终自掘坟墓般；
斯玛外道之教法，
最终教化变善法。

今年交战之先锋，
达戎部落来担当。
旗开得胜定能赢，
夺回劫去之财物，
殒将之仇定要报。

世间说法是这般：
霸气之人占上座，
无知牲畜围栅栏，
此乃人畜之区别。
若不把那小命丢，
日后衣食定无忧；
皮袄裂缝若不开，
无需惧怕羌塘风；
岭国英雄若齐心，
何须惧怕斯玛怪？

在座卡拉玉珍玛，
寄魂之鸟降预言，
要将军队来集合。
上方赛巴部落至，
下方戎雪部落间，
琼布黑白黄三部，
集结三十万兵力，
各项安排如往年。
冲锋陷阵之兵力，
一来符合岭王命，

二来符合神预言，
三来符合兵之力。

如今此月结束前，
若不抓紧传消息，
远在他乡之兵马，
恐难迅速来集合。
今夏五月十八日，
梅朵白玛之神滩，
兵马集结莫耽搁。

在座丹玛大将军，
重要信使快派遣，
达戎军队之援军，
此次相互要协助。
岭国大王正入定，
调兵遣将怎禀告？
总管正在查朵宗，
交战谋略怎问询？
此外神子扎拉将，
欧曲朝宗正入定。

若不快快传军情，

最终成败难预料。

早起出征去远方，

水草丰满诸事顺，

夜晚休憩之床榻，

衣食无忧人心定，

如上诸事先思量！

听懂歌儿智慧来，

不听歌儿无意义。

听完超同所唱之歌，丹萨玉珍玛怀着敬仰之心仰望天空唤请神灵并虔诚祈祷。之后，玉珍玛来到王叔超同面前献叩拜之礼，说道："呀！达戎超同大王啊，遇到棘手之难题，商议之策问叔伯，美食佳肴问女眷，决议还未商定前，思前想后再定夺。如今王叔超同你所受天神预言，必定无误，但最好向岭王格萨尔、总管王、父僧伦、神子扎拉、尼奔，还有岭国叔父长辈、喇嘛，有先知的卦师、术士、咒师等征求意见和卜算命运星象。之前王叔曾有鲁莽行军最终战败之先例，此番更应谨慎。斯玛托贵扎赞大王日前将矛头直指达戎客商，绑人劫财，恶贯满盈。但是世间谚语如此说，'高山大河大官三，无需急促要缓慢'。如此，我们更无需鲁莽行事。"

王叔随即夸赞丹萨玉珍玛聪慧过人，所说之事也确有道理。首先要给神子拉贵和玛尼嘎热派去信使，吩咐明日日出之际，部落老小相聚议事。今晚要向天之神、中之年、战神威尔玛等敬仰供奉，上供拉、鲁、地祇所喜之物。超同吩咐丹萨将口谕传于岭国上下。丹萨连忙应答，下令部中仆人速速将此消息传给格萨尔大王、总管王、神子扎拉、达戎部落官员。

三日内派往各地的信使陆续抵达。臣子丹玛心想：呀！此番达戎部落遇到意想不到的劲敌。世间说法有这般，“劫匪、瘟疫和饥荒，何时来到无定时”。再者如世间常理，物物贸易，汉地货物引藏地，藏地货物引汉地，如此一来，既建立了交流的平台，又满足了人们日常的需求。但若客商在外遇到小偷劫匪的百般凌辱，就如儿后有父、大国之后有劲旅般，定会挑起两国间的战争。总管王在心里默默思量：太过张狂的恶狗遭投石，不安分的鱼入狗嘴，冲动行事不会有好下场。此番达戎客商落入敌手之事定要报复，但是若让达戎部落单枪匹马去迎敌，怎会打败斯玛劲敌？因此一定要想好计策，助达戎一臂之力。达戎信使来到雄狮大王殿前，将达戎超同的信件献给格萨尔大王。大王心想：之前，达戎长官超同他贪婪无比、蛊惑朝纲、不自量力，如今就如岭国神灵预言般，达戎家兵这次定是不能独自抵挡斯玛国，所以应邀岭国上下联合进攻。

三日后，达戎家族的子孙、大小官员都聚集在夏季牧场，陶醉在美酒佳肴、欢歌笑语、骑马射箭的愉快氛围中。这一日，众人如繁星聚集达戎夏季牧场。在达戎神帐中，达戎长官坐在紫檀宝座上，右列首席拉贵落座，左列首席玛尼嘎热落座，此外贡巴赤嘉、朗杰、东赞、恰青嘎玛占堆、嘎巴超同威尔玛、赛巴拉杰等按位就坐。达戎超同将金质圆镜挂于须尾，双手捋捋胡须后，将达戎商贾所受劫难和达戎进攻斯玛报仇雪恨之预言用母虎怒吼曲调唱道：

唵嘛呢叭咪吽！

鲁阿拉歌之供奉，

鲁塔拉诸事顺利。

护身马头明王鉴，
如影相随不分离。
达拉火焰神鉴知，
制敌三械不离身，
武艺咒术无人比。
命主哲赛索嘎鉴，
保佑黑头之护神，
不要涣散压劲敌！

如若不知这地方，
岭国上中下三地，
上方斯隆沟谷中，
夏季贡嘎之牧场，
超同千人之神帐。

我乃何人定知晓。
父恩如山财富主，
部落无人不知晓；
母爱无疆乳汁育，
子孙无人不知晓。
悬挂高空之太阳，

世间无人不知晓，
怎会不知有恩情？
草木茂盛之高山，
飞禽走兽之家园，
怎会不知有恩情？
部落聚集如海洋，
大官慈爱如父母，
忘恩实乃欺诈者；
慈祥喇嘛和神灵，
解救六道众生者，
忘恩如同那鬼魅。
白岭达戎部落中，
叔伯如同金太阳，
温暖世袭之子孙；
儿孙如同雪山狮，
武艺超群无人比；
女眷如同宝库般，
部落衣食无担忧。
达戎王叔超同我，
育有九子之父亲，
年查斯潘和达潘，

神子小儿拉贵儿，
王子玛尼嘎热等，
六艺精通胜过父。
恰青嘎玛占堆一，
卡鲁玉托白玛二，
超同威尔玛其三，
普依嘉扎是其四，
冲锋陷阵四大将，
犹如狮虎相对般，
敌人闻风而丧胆。

在座各位大臣们，
世间谚语这样说：
父母养儿又育女，
期盼养老能送终；
用心饲喂千里马，
期盼长途不劳累；
鲜奶饲养小海螺，
期盼戳穿大鲨鱼；
良药涂抹于全身，
期盼毒蛇能绕道；

苦练兵马千万遍，
期盼沙场能得胜。
如今勇武时机到，
达戎十八大部中，
一来智慧超群将，
二来善跑千里马，
三来财富满贯臣，
驮负财宝去汉地。
汉地盛产之丝绸，
好茶好用之物品，
想从汉地运藏地。
行至斯玛之地界，
斯玛托贵大王他，
贪欲之心如疾风，
动用武力夺财宝。
归根斯玛大王他，
外道魔鬼之后系，
不信佛陀和神灵。
毫无信仰喜恶道，
不怕面见阎王爷；
贪恋钱财喜劫掠，

不怕王叔超同我。
如此恶贯满盈者，
将我达戎人和财，
一日之内全劫走。
客商关进牢狱内，
珍贵财物纳入库。
危难当头关键时，
达戎尼玛坚赞他，
巧用计谋来蒙骗，
花言巧语来祈求，
最终达戎人马等，
才获释放归家园。
如此事情之原委，
不是王叔有先见，
实乃天神之预言。
如今失财要追讨，
报仇雪恨时机到，
不然达戎空有名，
如此日夜常思虑。
不知如何是好时，
丹萨玉珍好女子，

好坏与否便问她，
丹萨所说之重心，
要向格萨尔禀告，
要向总管问计谋，
要与扎拉结同心，
丹萨说法我赞同。
岭王总管和扎拉，
丹玛玉杰王臣前，
速速将那使臣派，
所请回复随即到。

在座达戎子民们，
是否抢得被劫财？
是否报得这血仇？
若能达戎可独战。
要是比喻是这般：
英雄出征战沙场，
王臣若能一条心，
勇往直前必赢战；
妙龄女子去集市，
迷失若不遭人嫌，

定能游逛于市井。
很早之前达戎部，
与那大食来较量，
鹏翅玉马被迷惑，
赞拉多杰魂魄散。
岭王还未出生前，
担任岭国总管职，
军中要职王叔担，
托赛利箭射出时，
收服火红戎赛部。
不止如此还这般：
象雄珍珠地界中，
香香鸟儿在康区，
赞拉犹如霹雳般，
九层城堡坚如铁，
财富龙王宝藏般，
象岭交战有三年，
珍珠福运岭国夺，
达姆赤赞将为首，
众位英雄被制伏。
于是往后时日中，

魔头克釆热巴他，
半空之中被我降，
开膛破腹掏心脏，
克釆玉石之宝城，
王叔我用咒术夺。
如今层出之纷乱，
勇猛男儿龙神伤，
妙龄女子浪子伤，
千里之马强盗伤，
事实也正如这般，
如今超同已年迈，
皱纹满面劫难多。
古人谚语这样说：
运气欠佳坐骑惊，
要射利箭弓弦断，
身体不佳疾病缠，
如此结果定成真。
如今超同虽年迈，
儿孙如狮似虎般，
敌人怎会不低头？
达戎红色火焰海，

驻扎强兵三十万，
冲锋陷阵勇将多，
南边密林变灰烬。
战无不胜达戎部，
无人能敌达戎王，
在座诸位兄弟们，
若有计谋速呈上，
不败之策一并想。

儿孙将士要细听，
不听对牛弹琴般！

听完超同所唱之歌，各路英雄哑口无言。恰青嘎玛占堆心想：雄狮格萨尔大王不可能没有得到天神预言，神子扎拉孜杰是岭国先锋定要挂帅，总管王是白岭智慧源泉定要请教，古来谚语如这般，“男儿胡乱逞勇，必定小命难保；马儿四处乱奔，必定马前失蹄；女子四处闲逛，必遭众人耻笑。”胡乱行军必定不得好果，尤其要向白岭叔伯、喇嘛、卦师们禀告请教。于是，恰青嘎玛占堆侧卧在右边虎垫上说道：“呀！今日之前，兵战各方取得不朽战绩，但是时至今年，达戎商贾驮负贵重物品去他乡，经商利益被敌占，无端纠纷引家园，结果如何难知晓。叔伯莫要急躁细思量，男儿莫要冲动慢出手，先要向格萨尔大王、智者总管王、天神、喇嘛、卦师等一一请教后再做定夺。斯玛托贵大王前世为外道日扎时，许下恶愿今生成为斯玛金座之主，如同乞丐之子贪食物，没有积累财富缘；尖角山羊想高攀，怎能登上岩之顶？妙龄女子喜华丽，怎能赢得众人心？血气方刚之男儿，无故挑衅怎赢战？”

说完，恰青嘎玛占堆用青龙咆哮调唱道：

喻嘛呢叭咪吽！
阿拉拉姆唱阿拉，
塔拉拉姆唱塔拉，
歌曲之意词衬托。

大梵天王请鉴知，
白螺发髻绕头顶；
念青格佐请鉴知，
救赎生灵之命主；
董迥嘎波神鉴知，
助我战场杀劲敌。
神子扎拉红岩山，
念达玛布命之主，
去时挖出敌人心，
来时斩断敌颈项。
苯拉威赛达拉鉴，
诸位苯拉众神中，
马头明王乃怒神，
高原藏地之护神，
尤为达戎之家神，

今日护佑达戎部。

如若不知这地方，
达戎那玛平原中，
白色荆棘之丛林，
九个部落之牧场。
沟头皑皑之雪山，
雪鸡休憩之地方，
野牛犄角磨砺处，
大鹏野牛相逢地；
中间花花平原地，
羊群羚羊相聚处，
母羊羔子相依偎；
沟尾广阔之平原，
骏马骡子相聚处，
马群四蹄生风地。
之外地形和地貌，
昼夜不分难说尽，
若用歌曲难唱完，
若来填词无止境。

我是何人定知晓，
上方达宗沟谷中，
百万兵马之先锋，
恰青嘎玛占堆将，
达戎部落之总管，
驻守部落是护卫，
冲锋陷阵是勇将，
聪慧过人是智者，
这些众人皆知晓。
位于右席之首座，
我乃传言达意者，
出谋划策不羞涩，
大事从未有出入。

昨日天神降预言，
是神是鬼难分晓，
怎向天神献佳酿？
不知财物之价值，
怎去街巷来叫卖？
不知誓言之真假，
怎能随意去相信？

不知亲疏之内外，
怎护亲人之尊严？
去年木猪年份里，
达戎部落之商贾，
游走汉地去经商，
误入达戎之地界。
汉地谚语这样说：
中原之地莫踏足，
经商之时莫失利，
劲敌之国莫踏足，
难解纠纷莫引入，
饥荒兵乱莫出现，
如若以上均出现，
莫要把那小命丢。
话说斯玛托贵王，
世间无人能比及，
不幸达戎商贾们，
遇敌人财皆两空。
古人谚语这样说：
杜鹃鸟儿鸣乐音，
密林之中任意唱，

怎能盘旋于高空？

耐寒金眼小鱼儿，

江河之中任意游，

怎能遨游于深海？

妙龄美艳之女子，

财物佳肴皆富足，

儿女身边来围绕，

若无知识难踱步；

矫健善跑之骏马，

平原之地若不练，

怎能闯关获胜利？

白岭王臣做敌手，

杀死黑魔刽子手，

若不制伏黑魔部，

空有虚名留世间。

一是格萨尔大王，

二来神子扎拉将，

三来智者总管王，

须弥山般叔伯前，

所需之请要禀告。

此外岭国主将中，

色威尼奔达雅将，
穆江仁青达鲁将，
此等将士未下令，
莫要随意逞英雄。

古时藏地有说法：
恶狗狂吠不停歇，
落入豹口之先兆；
男儿空口说大话，
落入敌手之先兆；
马儿狂奔无休止，
四蹄绊倒之先兆，
如上所喻般成真。
除此之外有这些，
斯玛大国之地界，
下方与汉地接壤，
上方与朱古接壤，
还与黄霍来接壤。
国力强盛之魔国，
一心依附外道神，
阎魔鬼怪做靠山，

不是随意能征服。

如何是好细思量。

王叔超同所说般，

达戎将士三百万，

所向披靡如霹雳，

定能制伏斯玛国，

出兵策略要思量。

我的想法是这般：

此次纠纷之根源，

归根结底在达戎，

若要与敌来开战，

达戎部落打先锋，

出征准备要就绪。

带兵打仗之策略，

与敌交战之时间，

雄狮大王有先见，

是否王臣可思量。

今年达戎部落中，

积累财富被敌劫，

无故之人关牢狱，

此番纠纷达戎起，

应由达戎打先锋，

白岭将士做援兵。

所禀之事是这般，

不听歌词无意义。

听完恰青嘎玛占堆所唱之歌，贡巴普依嘉扎和卡鲁玉托白玛对恰青嘎玛之言赞许不已，贡巴普依嘉扎向神子拉贵奔鲁、神子拉贵玛尼嘎热、超同威尔玛、超擦米玛询问有何想法。神子拉贵奔鲁说道："呀！今日之前，达戎大官超同为了蝇头小利派遣客商踏足四方，而后不断将纠纷引入岭国，历经劫难后，白岭最终大获全胜，但战果均被达戎独占。就如'遇敌才需兄弟援，分发战果却遗忘'般，此事意义不大。今年这等纠纷，白岭王臣们要论斤掂量、多少斗量、粗细指量、长短丈量，最终才做定夺。虽说今年此事就如超同所说实为白岭国事，但挑起纷争之根源为达戎部落，冲锋陷阵打先锋者应以达戎为首。压制劲敌之时日，泪眼汪汪无意义；势均力敌相遇时，不顾性命无意义；位高喇嘛传教时，吝啬财物无意义。最好邀请白岭神部之雄狮大王诺布占堆、神子扎拉孜杰、总管戎擦查根、大臣丹玛强查、米钦杰尉伦珠、威尔玛拉达、尼宗拉杰、嘉洛顿巴坚参等王臣商议决策。再说达戎部落财物源源不断怎会殆尽？"说完，大家忍俊不禁齐声大笑。这日，王臣们齐聚一堂将此事定夺后便享用起美酒佳肴。

次日，就如贡巴普依嘉扎所说，神子拉贵带领五名随从如飞翼展翅、线团滚滚般迅速来到桑珠达孜宫殿东边、右旋扎西东嘎门前。米琼、钦伦、巴森辛巴大王等迅速将他们引到大王殿前。戎赛拉贵奔鲁将十块金条、百条白银连同洁白的哈达献给大王后说道："呀！上师雄狮大王啦，我等此番之来意有这些。"于是，拉贵奔鲁将达戎超同所听预言和达戎客商在斯玛遭受的劫难，一一用江河缓流曲调唱道：

唵嘛呢叭咪吽！
阿拉拉姆唱阿拉，
塔拉拉姆唱塔拉。

上师本尊空行三，
一心一意来祈祷，
慈悲之心赐加持，
助我白岭成大业。
谋求众生之义利，
佛法威望与天齐，
解救众生脱苦海，
所愿之事皆成真。
白岭地祇众护法，
助我拉贵引歌头。
半空彩虹宫殿中，
日月辉映宝座上，
九位大神九神子，
拥有先见天神们，
快快助我做援兵。
天空霓虹宫殿中，

五位白度母天神，
引入喜乐神灵们，
今日请赐予加持。

此地玛域花花岭，
拉孜年孜鲁孜三，
山尖直冲云霄间，
日月星辰轮换地；
山腰岩腰岭腰三，
中间与年神相连，
诸位战神之驻地；
山脚密林河水三，
龙神宝藏所在处。
神殿桑珠达孜宗，
上层天神来筑造，
下层龙神来筑造，
中层年神来筑造，
黄金白银做奠基，
坚固如同多吉扎。
寝宫白玛德庆殿，
欢喜大王之宫殿，

幸福围绕宴会中，
稳坐三怙主化身。

我是何人定知晓。
同一上师之后系，
慈悲不分亲与疏；
同一父母之后代，
关爱不分贵与贱。
父系源自天界中，
母系源自地界中，
天地之间万物生，
儿孙满堂枝叶茂。
我乃幸福达戎孙，
九百万部兵马首，
戎赛拉贵奔鲁将，
雄狮格萨尔之弟。

在座尊贵的大王，
此事虽不想提起，
实乃大官命难违，
商议大事之策略，

最好不要出纰漏。
祖辈过往儿孙知，
居家农耕之事宜，
怎会逾期而错过？
昨日之前时日中，
达戎超同大官他，
寝宫之中来坐定，
马头明王寄魂鸟，
降下预言是这般：
去年达戎大部中，
领队之中三客商，
还有驮夫上百名，
上乘财物和绸缎，
无价黄金和白银，
驮负马骡和犏牛，
前往汉地去经商。
行至汉地边界处，
斯玛托贵臣子中，
琼拉亚麦得力将，
僧雏朗拉赞普将，
赤赞奔图赞普等，

上千兵马来围攻。
活捉之人关监牢，
积累之财被洗劫。
达戎尼玛坚赞他，
能言巧辩用计谋，
最终死里能逃生。
如今踏上归乡路，
已有两月之时日。
斯玛托贵大王他，
信仰外道之魔法，
无量佛法之敌人，
日扎魔王之幻化，
红脸罗睺赞姆魔，
贪婪成性无止境，
吃肉饮血喜杀生。

之前几个国家中，
盛传传扬佛法者，
降下先知之预言：
降伏女魔之机缘，
唯有花岭能胜任；

斯玛宝马之福运，
唯有花岭能夺取；
斯玛托贵大王他，
弃恶扬善信佛法。
还未断定真假前，
达戎叔侄父子们，
商议计策有七日，
最终结果是这样，
禀明雄狮大王您。
区分水奶青蛙知，
区分铜铁磨石头，
区分男女掀尾巴，
区分鬼神要修持。
如此大王请思量，
出战兵法和计谋，
怎样行事请颁旨。

唱错之处请见谅，
冒犯之处请宽恕！

听完拉贵奔鲁所唱之歌后，菩萨本体、三怙主之幻化、世界战神、抑强扶弱者、解救众生脱离地狱者、白岭之王、释迦传言者、莲花生使者、高原藏地明珠、真言守护之神岭王如人中太阳般光芒四射地说道："呀！拉贵奔鲁贤弟，虽说此行你等旅途劳顿，但莫要涣散，细听我把天神预言详说。"于是，格萨尔大王用金刚道歌调唱道：

唵嘛呢叭咪吽！
阿拉唱自天空中，
不变加持如甘霖。
塔拉唱自极乐界[1]，
众生离苦得乐享。

上方天空云层中，
三十三层神殿中，
水晶宝塔般雪山，
在此常驻之主神，
不变彩虹白绸绕，
稳固如同须弥山。
右手持有水晶剑，
杀敌灰飞烟灭般；
左手持有百宝箱，
财源滚滚无止境，
大梵天王请鉴知。
中间暴风席卷处，

1　极乐界：大乐世界，佛教所说西方极乐世界，即无量光佛刹土。

青龙震耳一阵阵，
霹雳闪电一道道，
古拉格佐神鉴知，
要将敌人全消灭。
今日部落叔伯们，
齐心协力同抵抗，
莫要涣散诸神佑。
下方无边大海中，
不变龙王宫殿中，
青玉护甲头盔者，
无尽财富之主人，
呼请顶宝龙王到，
今日助我获全胜。

此为玛麦玉隆地，
祖辈幸福之宝地。
如若不知我是谁，
来自上方天界中，
名为格萨尔占堆。
于是我的好贤弟，
斯玛托贵扎赞他，

魔王日扎之转世，
故土汉索交界地，
身边六十位大臣，
因果不利之根源，
多次轮回不利身，
如今结盟这魔王，
世间无敌传四方。
上方天竺泥婆罗，
高原藏地和朱古，
诸国商路被截断。
除此之外还妄想，
与我格萨尔结仇，
妄图降伏白岭国。

在座岭国兄弟们，
达戎十八个大部，
可以堪称大部落，
后援还有花岭国，
从未想过会战败。
要做比喻是这般：
无尽财富需后援，

若无后援无主般；
强大后援需财力，
若无财力如乞丐；
英雄男儿需武器，
若无武器如残废；
能言善辩需真理，
若无真理是空话。

于是达戎超同官，
虽说地位高一等，
斯玛托贵扎赞他，
若要比喻是这般：
经商不分男和女，
能获利润就可以；
打仗不分父和子，
能获胜利就可以；
善跑不分马和驹，
能拿彩绸就可以。
今年之事也如此，
达戎三十万大军，
与敌开战打先锋，

后方急需援军时，

岭国大军随时到。

如若比喻是这般：

河谷长短如何知，

看看水流便知晓；

春夏秋冬何季节，

听听鸟鸣便知晓；

是否美味入口知，

是否保暖上身知，

是否物美买卖知。

斯玛大王虽威武，

较量方知谁更强。

紧要关头白岭军，

霹雳一般从天降，

岭国英雄赛猛虎，

个个勇猛无人比，

是否如此拉贵兄？

听懂歌儿明其意，

此外叔伯可商议。

听完格萨尔大王所唱之歌，戎赛拉贵奔鲁心想：如今大王之命不得不遵从，但是若要向岭国叔伯、兄弟、长老、喇嘛一一请教必定劳心费力，还不如让大王就此颁旨，召集大家前来共议来得容易。于是，拉贵奔鲁说道：“拉嗦！至宝兄长，今日之言实乃金玉良言，此番达戎部落遭受外敌劫掠，财物损失严重。外道斯玛大王是我佛法之敌，也是汉、藏、霍尔三地共同的敌人，此次定要让他吃到苦头。一声令下兵马迅速集合，安营扎寨时刻提高警惕，齐心协力同甘共苦，这些道理兄长定然知晓。但是，达戎家兵单枪匹马难以制伏斯玛大国。古人云，‘父子成仇家，饥饿乞丐游街巷；善跑良马无主人，无敌英雄无利剑。’如此出战怎么能获胜？还是长兄雄狮大王带领白岭将士和我如影随形般共同抗敌。归根是斯玛托贵大王他一手遮天，势力不可估量，达戎家兵难以独自抵挡。此番战役何人上阵打先锋，何人驻守抗外敌，大王定要思虑周全后颁布旨意。今年斯玛和白岭之战事，定要请教长者，否则莽夫逞勇必定战败；就像‘家产应由母亲打理，否则媳妇难控大局；大官若不谋划大计，部落大事恐难定夺’，是否如此大王请思量。”格萨尔大王细想后，说道：“本月十八日达戎百万将士要在岱雅达塘平原集合，何人出战到时再做定夺。”神子拉贵立即答应，连连称赞，并连夜回到自家宫殿，将大王旨意向达戎叔伯、众位将士们传达，众人随即欢呼雀跃。

三

在玛岱雅达塘查茂集结将士之事由达戎部落承担，达戎部落的仆人们从仓库中取出鲜肉、粮食、酥油、茶叶等各色美食佳肴，用五百头骏马驮负着向玛岱雅达塘查茂出发。沟谷之中仆人们搭起如繁星落地般的营帐，特别是搭在平原中心，如彩虹帷幕般的通瓦顿旦大王神帐，神帐内部无需支起梁柱、外部无需用绳子拴住。帐内金座、银座、铁座、铜座、木座一一排列，此外虎垫、豹垫、熊垫、锦缎之垫、絮边褥垫[1]、毡垫[2]等一一铺开。营帐里里外外三百七十多名伙夫和上千仆人将美酒好茶斟满杯子、水果佳肴盛入盘中。此时，花岭神部中上岭赛巴八部、中岭文布六部、下岭穆江四部、丹部十二万部、琼布嘎纳赛松、达戎麦措玛布等岭国所属部落一一聚集。之后，雄狮大王如人中太阳般端坐金座之上，岭国叔伯和喇嘛、大官等一一落坐在金座前后左右九十九个不同位子上享用着美酒佳肴，谈论国事。白岭属下其他部落中北方鲁姆、霍尔辛巴、姜国玉拉、门国董迥、白热热扎、大食霞嘎等骁勇善战的男女豪杰们，面临抵抗外敌的情势毫无畏惧。但是世间说法有这般，“取敌性命要将士，翻山越岭要良驹，横跨江河要桥梁”，如今制伏斯玛托贵大王，若不备齐骑兵、宝剑、步兵、良驹等，何以胜战？于是，只见右列首席之上的智慧之主总管大王满脸褶皱、下巴松弛，发须白如羔羊，嘴中无牙如空囊，眼窝深陷如杯具，睁开浑浊双眼，头部颤抖如经幡摇动，身体颤抖如树枝乱晃般将一条白色哈达献给雄狮大王后，用慢性不变长调曲唱道：

1　絮边褥垫：周围有浮絮的栽绒垫子。
2　毡垫：牛羊毛毡所制的垫子。

唵嘛呢叭咪吽！
阿拉拉姆唱阿拉，
阿拉唱自天空中，
唱首纯洁无暇歌；
塔拉唱自解脱道，
祈愿众生得极乐，
白岭神部列仙班，
品尝美酒和佳肴，
玩笑嬉闹心欢愉，
今日唱首幸福歌。

天界之中神鉴知，
梵天帝释天神兵，
莫要间断常护佑。
中空战神年达鉴，
要做英雄之后援，
制伏魔军开战时，
形影不离常相随。
下方顶宝龙王鉴，
铺天盖地上亿兵，
无尽财富运藏地。

此乃玛康岭国地，
沟头雪山冲云霄，
雪山狮子盘踞地，
雄狮绿鬃丰满处；
中间岩岭和草地，
野牛野驴健壮地；
沟头河水之源头，
沟口良田丰收地，
五谷丰登好地方，
粮仓谷类饱满地。
山中杜鹃鸣乐音，
枝叶繁茂美山岭，
云雾缭绕显彩虹，
如此美丽好地方，
要说一天难讲完。
花花岭国这地方，
三座山谷如城门，
佛法严厉之标志；
三条江河如白绸，
拉鲁护佑之标志；
三片草原铺开般，

誓言坚固之标志。
还有景象是这般：
坚不可摧之城堡，
桑珠达孜是主宫，
中间长形大茶城，
紫色富饶山宗城，
巴宗白银超宗城，
塞布嘎乌赛宗城，
如此三十宫殿内，
英雄好汉有三十，
所向披靡七勇士，
鹞雕狼等三猛将，
天竺八十成就者，
岭国样貌是这般。
玛岱雅达塘查茂，
犹如虎皮摊开般，
猛虎出洞呼啸般，
虎仔盘踞洞口般。
虎头向上摊开样，
无限虔诚之标志；
虎尾向下摊开样，

压制劲敌之标志。

在座白岭神部们，
今日吉祥好时辰，
神帐金色宝座上，
人中太阳端坐此；
右边绿鬃雄狮般，
神子扎拉孜杰将；
左边珍宝饰髻顶，
总管之弟超同王。

如若不知我是谁，
与那江河同时流，
与那平原同时现，
与那圆石同出现，
与那密林同生长。
我乃九世之元老，
辅佐九朝之老臣。
一来冈底斯山脉，
二来玛旁雍措湖，
总管戎擦查根三，

创世之初三根基。
夜空银河如脊柱，
分割天界之主宰；
北边夜空北极星，
点缀繁星之星辰；
总管戎擦查根我，
出谋划策智多星。
不是空口说大话，
岭国叔伯总管我，
纯正穆布董后系。
今日之前时日中，
关怀子孙如父母，
巧用智慧解纠纷，
凶猛无比压劲敌。
上行直达天竺国，
下行去过中原地，
高原藏地常牵挂，
慈悲关照岭国事，
佛教基业如命根，
这些都是过往事。

在座白岭王臣们，
去年时至猪年时，
达戎十八大部中，
三位客商为首领，
辅佐官员和驮夫，
驮负三百头骡马，
前往汉地去经商，
想把汉地好茶引。
汉地好货引藏地，
不是藏地缺货物，
实乃架起友谊桥，
祈愿世界常太平。
天竺汉地名声大，
藏地无角牛羊般，
遇到助手是好事。

今年斯玛大王他，
神殿之上讲鬼话，
魔爪伸向神谷中，
佛坛用来作屠场。
话说斯玛大王他，

招呼援军有一套，
东边汉地之法王，
如有祈请立马到；
西边天竺之佛国，
如有祈请定护佑；
中间泥婆罗福国，
如需帮助即刻到，
此话真假难分辨。
世间谚语这样说：
男儿不着自家衣，
乱穿乱戴沾秽气；
自家饭菜难吃饱，
乱吃乱喝恐中毒；
男儿若不能自立，
央求他人为时晚。

莫要待毙白岭部，
杀人放火要复仇，
患难相助要记恩。
不能答复是哑巴，
不能回报是斋饭。

男儿杀敌报血仇，
事过三年也不晚；
享用美食之回报，
才过三日为时晚。

从今往后时日起，
东方花岭神部中，
上阵冲锋陷阵者，
达戎大官来担当。
达戎大官超同王，
戎赛拉贵奔鲁将，
王子玛尼嘎热等，
父子三人打先锋，
齐心协力抗外敌。
今年达戎遇劫难，
即刻禀告岭王臣，
并非达戎之私事，
实乃白岭之国事。
白岭习俗要遵循，
敌我还未开战前，
王叔达戎大王他，

速速打开宝藏门，
美酒佳肴摆筵席。
说起根源是这般，
一生积累的财富，
紧要关头莫吝啬，
达戎行事要如此。
今年敌国之魔王，
挑衅佛法酿恶果，
成为世间众人敌，
莫要让他留世间。
白岭四方之劲旅，
速速集结快备战；
白岭带兵之大将，
北边阿达鲁姆一，
霍尔辛巴大王二，
姜子玉拉托久三，
门国董迥达拉四，
大食霞嘎之将士，
莫要懈怠快集合。
如何行事之策略，
调兵遣将之兵法，

白岭英雄需商议。

归根雄狮大王他，

收到天神之预言，

定要禀告问缘由。

听懂歌儿是甘霖，

不听不再做解释，

在座诸位记心间！

听总管王唱完后，岭国大王、扎拉、丹玛、尼奔、姜子玉赤贡杰等部落英雄们在心底默默赞许。此时，前方列首、白银坐垫之上的嘉擦霞嘎[1]之子、格萨尔大王侄子、白岭核心大将神子扎拉孜杰今日不同寻常，如绿鬃雄狮般傲立后说道："呀！岭国英雄叔伯们莫要涣散，细听我把歌来唱，今年开战调兵遣将之兵法定要如此。"说完，神子用威震大众曲调唱道：

唵嘛呢叭咪吽！

阿拉拉姆唱阿拉，

塔拉拉姆唱塔拉。

喇嘛本尊空行三，

诚恳之心来祈祷，

还望慈悲赐加持。

1 嘉擦霞嘎：格萨尔同父异母的兄长，系岭国幼系首领僧隆汉妻腊噶卓玛所生，其名字前面冠以"嘉擦"，在藏文中有"汉甥"之意。他一生协同格萨尔抗击侵略者尽心竭力，功勋卓著，是《格萨尔》史诗中性情最耿直、最刚烈、最让敌人胆颤心惊的英雄人物之一，岭国三十大将和七君子之一。

助我逃离众劫难，
远离疾病和饥荒，
佛法成就甘霖降。

这是何地定知晓，
大千世界之核心，
玛隆世界之中央，
九曲黄河弯道处，
右山猛虎咆哮般，
左山野狼猛扑般，
前山大象俯卧般，
后山大鹏飞落般。
天空呈现八辐轮，
大地八瓣莲花样，
中间吉祥八宝[1]显。
玛岱雅达塘查茂，
斑斓虎皮摊开般。

我的来历定知晓，
须弥山上大鹏鸟，

1 吉祥八宝：又称“八瑞相”，由白海螺、祥法轮、胜利幢、宝伞、莲花、宝瓶、金鱼、吉祥结组成，是藏族人民最喜欢的吉祥组合图案之一。这种图案常常涂绘在寺院、民居、帐篷及各种生活器皿之上。

禽类之中称大王，

头顶宝髻众人知；

皑皑雪山之顶峰，

绿鬃雪狮盘踞地，

万兽之中称大王，

震耳咆哮众人知；

无边蓝色深海中，

牛奶滋养的海螺，

能将鲨鱼身穿刺；

密林深处之猛虎，

咆哮南边山岭中，

斑斓花纹众人知。

南瞻部洲地界中，

白岭英雄行列中，

我乃扎拉孜杰将，

无人能敌众人知，

今年箭头指魔王，

处处树敌想亡国。

在座叔伯听我言，

之前起初之时日，

空中玉龙震耳声，
降下霹雳和冰雹，
麦穗混入泥土地。
大地雾气来笼罩，
若不降下及时雨，
万物怎会能生长？
山岭大雾来围绕，
雪山若不融为水，
有情众生怎活命？
达戎部落客商们，
不该擅闯斯玛国，
引来纠纷和战争，
也许前世已注定。
斯玛托贵大王他，
前世机缘之安排，
寺庙圣地来修行，
比丘朗杰是他名。
命运多舛遇劫难，
法纪严惩被流放，
弥留之际做祈祷，
来世化身将成为，

至高佛法之敌人，
众人性命终结者，
于是化身斯玛王。

去年木猪之年中，
传说魔王已苏醒，
要将众生消灭完。
我的想法是这般，
关键如何来分辨。
外道斯玛大王他，
至上佛法之敌人，
白岭部落之仇敌，
今年制伏时机到。
斯玛朗赤国度中，
善跑骏马之姿势，
步伐矫健速度快。
膘肥体壮身姿健，
上上下下全世界，
此等福马难寻觅。
莫要涣散白岭部，
宝马福运引岭国，

斯玛佛法来教化，
压制敌方黑魔王，
要取魔臣之性命。

在座白岭部众们，
姜国玉拉邀请者，
要派神鸟三仙鹤，
三日之内要到达，
姜部首领玉拉担，
带领三万姜国军；
董迥达拉邀请者，
要派岭国三信使，
策马奔腾不停歇，
要在十五日之内，
到达唐古拉下游，
哲茂雄平原集结；
北边其日曲珠兵，
要在二十日以内，
哲茂雄平原集结；
霍尔辛巴之兵马，
要在十七日之内，

哲茂雄平原集结；
北方鲁姆邀请者，
要派达戎嘉擦将，
黑白魔军百万兵，
如上一般要集结；
大食霞嘎之国度，
派遣赛巴三使臣，
要在八日时辰内，
哲茂雄平原集结。
要在一个月之内，
上中下三部落中，
花花岭国之属兵，
无人遗漏全集结。

于是带兵打仗者，
十万雄兵之大队，
要像大食进发般，
达戎军队打先锋，
之后赛巴神兵跟，
之后嘎朱士兵跟，
之后丹玛士兵跟，

巴拉军队引前阵，

丹玛军队打右阵，

噶德军队打左阵，

安定后方之援军，

岭王亲自来带兵。

听懂歌儿记心间！

王臣和大官、喇嘛、卦师等均认可扎拉之言。之后达戎部落出资出力，大摆筵席，大家在欢庆的气氛中度过七日。

之后，二十九日白天，岭国英雄、王臣、叔伯上上下下对拉、鲁、年神和战神威尔玛煨桑祷告，祈盼众神护佑白岭将士。白岭子民们不分男女老幼纷纷挥动彩旗、吹起海螺、念诵经文，将拉、鲁、年神一一赞扬。黄帽喇嘛、身穿袈裟者排列成行欢送岭国将士们。于是，岭国军队先后出发，嘎朱部落军队如火焰般红艳艳，文布部落军队如日照雪山般走来，后方坐阵人中太阳般的大王同随行如日出般金灿灿走来。驻守家园的子民们献出金、银、绿松石、珊瑚、天珠、珍珠、水晶等上好珍宝。岭国女眷们左右两手托起金银圆盘，杯中斟满美酒好茶，欢送出征将士们。处处欢歌笑语，呈现出一派吉祥繁华的景象。

神子诺布占堆不同寻常，如天界降下神子般雄姿威武：头戴白色海螺头盔，盔顶上插着鹰翎和红绸旗，帽翎由大鹏、杜鹃、鹞鹰等驻有战神威尔玛、护法神、空行等天神的各色羽毛装饰；身穿黑色耀眼盔甲，胸前挂着瞬间解脱苦难之圆镜，左腰挂着利刃刀剑，右腰挂着虎皮箭筒，筒中放着能听懂拉、鲁、年神、人语、鸟鸣之声的九十九支利箭；上身不惧火焰红色圆镜依附战神威尔玛呼声阵阵，下身不惧水患青色水纹绸缎之上鱼獭跳跃不定、响彻鲨鱼撕咬之声；身着免受刀剑刺伤的金质铠甲，上面绘有金刚巴扎花纹；靴子之上绘有彩虹图案，花纹鞋带之上点缀着彩虹、牡丹等美饰。赤兔马儿额头装饰珍宝，彩虹围绕，目光犹如电闪雷鸣般；鼻孔直冲向上，犹如天地相逢般；耳朵犹如五佛[1]、五种空行呈现；上身矫健犹如雄狮般，雄狮绿鬃丰满样；尾巴犹如南方乌云般，滚滚深处降雷雨；马鬃犹如山涧溪水，从高处飞流直下；四角犹如右旋海螺一般，海螺声声传向远方；双翅犹如火山喷发，大鹏展翅一般；身上彩色鬃毛犹如七色彩虹一般；鬃毛右旋犹如珍宝积聚一样，鬃毛左旋犹如八瓣莲花一样，粗毛犹如公鹿毛发，细毛犹如狐狸毛发，长毛犹如野牛鬃毛，短毛犹如羔羊卷毛；金质马鞍仁庆旺嘉鞍前黄金打造，犹如金色太阳一般，鞍后白银铸造，犹如银色月光一般，鞍上珍珠点缀，犹如繁星闪耀；马镫上绘有鲨鱼相对图案，仿佛嘶杀声不断，马镫圆环巴扎样式，彩虹丝绸织成；缰绳上拉能压神鬼，仿佛凄惨求饶之声不断，缠在腰间，仿佛毒蛇盘绕密林一般；马蹄犹如玉龙一般，卷入滚滚云海。大王左右前方各有三位勇将护佑，米琼卡德[2]牵缰绳。

母亲果妃拉姆和嘉洛森姜珠姆、董尼梅萨奔结、帕庆热萨格措、嘉萨拉格卓玛、卡热萨之赛措、央热萨之达措、达戎普姆超措、总管之女玉措、丹玛之女玉珍、斯戎之女尼玛曲吉等女眷们，有的拿着箭旗，有的拿着矛旗，有的拿着切玛和牛奶、酸奶等食物，有的焚香引路，举行盛大的欢送仪式。特别是嘉洛森姜珠姆，身上装饰着各种珍贵的珠宝：有愿喜旋宝、赤燃火山红色珊瑚、十叉鹿角珊瑚树、蓝色宝石璎珞、祈愿一切如意宝等；上半边脸洁白如雪山日明月照，下半边脸红润如林中火焰，面色红白相融，如黄丹晕染般。男儿见她为之倾倒，女子见她妒火中烧，上师见她偷瞄几眼，大官见她恐误大事，叔伯见她喜开笑颜。她身穿水纹三层绸缎长袍，水獭

1　五佛：指五种姓佛，即大日如来、不动如来、宝生如来、无量光如来、不空成就如来。

2　米琼卡德：意为巧嘴矮人。

皮来镶边，獭毛吊挂铃铛叮当作响。珠姆过去如空行起舞般，过来如空行踱步般缓缓走来，手捧印有吉祥八宝[1]和轮王七宝[2]图案，红、白、黄、绿四种颜色的拉、鲁、年三种哈达，献给王臣和英雄们。之后，珠姆右手将盛满雪狮奶水，外部绘有吉祥八宝图案的碗献给雄狮大王后，将祈祷之歌用九曼六变曲调唱道：

唵嘛呢叭咪吽！
阿拉拉姆唱阿拉，
阿拉唱自天空中，
日月星辰相聚歌，
高山之顶再唱歌。

山尖白雪水晶宗，
雪狮绿鬃显丰满；
山脚枝繁叶又茂，
各色禽类鸣乐音；
山顶岩峰岩石立，
兽类爪牙比刀尖。
塔拉唱自解脱道，
净化无知和愚昧，
各种业障之歌曲，

1 吉祥八宝：又称“八瑞相”，由白海螺、祥法轮、胜利幢、宝伞、莲花、宝瓶、金鱼、吉祥结组成，是藏族人民最喜欢的吉祥组合图案之一。这种图案常常涂绘在寺院、民居、帐篷及各种生活器皿之上。
2 轮王七宝：指七政宝，即金轮宝、神珠宝、玉女宝、主藏臣宝、白象宝、绀马宝和将军宝。

诚心祈祷能成真。
慈悲怜悯菩萨心，
六道轮回中众生，
就如利箭射出般，
即刻引入极乐界。
歌中祈福是这般。

玛康岭国地界中，
擅长变调有六人：
很久之前的时候，
嘉擦霞嘎六变调，
丹玛塔拉六变调，
尼奔杜鹃六变调，
热萨画眉六变调，
乃琼云雀六变调，
珠姆九曼六变调，
此乃六变调歌史。

今唱九曼六变调，
喇嘛佛法和比丘，
至尊无上三怙主，

诚心诚意来祈祷。

关照护佑做后援，

东方金刚空行一，

南方至宝空行二，

西方莲花空行三，

北方胜处[1]空行四，

中间佛陀空行五，

五部空行慈悲照。

未来过去和如今，

祈愿诸事皆顺利，

岭王大计能如愿，

高原藏地幸福在，

上师喇嘛地位高，

比丘戒律能严守，

大官金座能稳固，

名声大震传四方，

岭国英雄运气佳，

刀剑利器难穿刺，

金刚铠甲愿常在，

福运宝藏中财物，

1　胜处：梵音译作俱卢洲、拘卢洲。四大部洲之一，在妙高山北方海中。

解救众生脱贫困！

我是何人定知晓，
今世之前前世中，
佛母白度母化身，
一来天神下旨意，
二来解救众生苦，
三来前世之姻缘，
化身成为凡间人。
女子珠姆降生后，
幸福云中太阳般，
冷暖皮吹火筒样。
珠姆降生在岭国，
曼妙身姿惹人妒。
有人称我为仙女，
森姜天降花朵般；
有人称我为凶兆，
纠纷不断招厄运。
天竺汉地泥婆罗，
珠姆杜鹃般乐音，
深入耳内心难安，

陷入双目生贪念，
相伴三宿定终身。
森姜珠姆身如虹，
心生爱慕却难得，
世间无常幻术般。

于是雄狮格萨尔，
听我细细把歌唱，
金色嘎乌之内部，
吉祥哈达献大王，
前端甩向天空中，
祈愿地位比天高；
末尾落向金刚岩，
祈愿一世坚如岩；
边缘指向净水边，
祈愿一世很久远。
敬献哈达的日子，
天空吉祥白云绕，
定有甘霖降大地，
神清气爽心愉悦。
之后吉祥之贡品，

右手金杯斟满酒，
飘香奶茶来敬献；
左手银杯斟满酒，
五谷琼浆来敬献，
夜晚安神得吉祥。
叔伯英雄和大官，
拉鲁年和战神兵，
不分高低借援兵，
祈愿早日能相聚。

还有嘱托是这般：
雄狮大王为首领，
叔伯元老英雄们，
行事要随王臣意，
祭祀神灵需谨记；
与敌开战较量时，
智慧勇武要双全，
舍弃鲁莽之行径；
沙场之上要互助，
切莫独称莽夫勇。
魔国地势细捉摸，

掉入陷阱难逃命。
黑色魔国苦命人，
至上佛法树为敌，
一生信奉外道神，
极恶观点现世报，
不善之请得恶果。
此等男儿之勇武，
并非凡人能比拟，
阎王也要让三分。
转世恶人且残暴，
饮血食肉愈暴虐，
这般罪恶之勇气，
犹如雾气罩世间，
犹如恶臭熏大地。
古人谚语这样说：
莫要欺负流浪狗，
小心主人来撑腰；
莫要小看鞘中剑，
小心英雄取性命；
莫要违法欺大官，
小心两国会断交，

如上所喻莫欺凌。
一个勇夫鲁莽劲，
难胜两位智者计。
三械随手就拈来，
懦夫先出手是一，
鲁莽行径是其二，
固执己见是其三，
性命不保之根源，
这些行径无意义。

斯玛朗赤之国度，
坚固城堡如矛头，
部落臣民如汪洋。
土生土长之子民，
精于盗抢和杀生，
不知造孽下地狱。
身上三械威力强，
胯下骏马速度快，
所说不全是事实，
只因自尊心作祟。
寒冬腊月暴风中，

杜鹃最好在门隅；
阳春三月百花开，
公鹿最好在平原；
远走他乡陌生地，
出门最好动脑子。
世间回避有三事：
拴有母狗之门槛，
英雄最好也回避；
黑色魔王之面前，
天王最好也回避；
腰间三械利刃前，
勇夫最好也回避，
以上便是三回避。
斯玛大王交战时，
白岭王臣兄弟们，
心想一处如一人，
步履整齐如一骑。
沙场之上战劲敌，
三械利器要配合。
白岭格萨尔大王，
出发行至黑魔国，

祈望身体无病灾，
用兵之法无错误，
颁布口令无障碍，
心想之事皆成真，
能降外敌来压垮，
战无不胜凯旋归。

今年王臣能相聚，
祈愿来年也如此。
善良父母之祈愿，
儿孙身上能如愿；
慈悲上师之加持，
弟子身上能如愿；
刚正大官之祈愿，
子民身上能如愿；
终生伴侣之夙愿，
坚守誓言者如愿。
至上佛法真理在，
护神三怙主常佑！

听歌一定要入心，

如此不会有错误，

王臣谨记在心间。

唱完，王妃将手中成双成对的金银首饰献给大王，同居家和外出者依依不舍地告别。而后，岭国王臣们踏上远去斯玛之国的征程。

四

此时，岭国英雄和王臣们分左翼、右翼、前翼、压阵军队一一走出。众人头戴不同盔帽如平原之上繁花盛开，脚穿不同鞋履如同彩虹显现，特别是各色队旗迎风飘扬，红缨军的盔翎如同火焰冲天，白缨军的盔翎如同鲜奶溢出，黑缨军的盔翎如同乌云滚滚，黄缨军的盔翎如同日光闪闪般飘来。此日，出征先锋为北方霍尔，霍尔辛巴大将带领红色战旗大军威猛无比地冲在前面。之后北方阿达鲁姆大军如波涛翻滚般呼啸而来。而后穆布姜之玉拉大军和南方辛赤达拉赤噶大军如密林荆棘丛生、毒蛇盘旋般列队出发。白岭大军远征十五日后，来到隆琼地方，此地前与索波接壤，北边与斯玛接壤，相传为神子扎拉孜杰追缉逃亡汉地的大食赞拉多杰巴瓦而到过的地方。因为岭国大军日夜兼程，连日来长途跋涉，车马劳顿，格萨尔王随即下令修整几日。岭国仆从们立即在平原上搭起千人神帐，帐内摆上美酒佳肴、各色甜食犒劳大军。酒食准备完毕，雄狮诺布占堆在金座莲花垫子上威仪端坐。各位叔伯和英雄们按辈分各自落座在左右虎垫、豹垫等不同坐垫上一边享用美酒佳肴，一边商讨军事。右列花斑虎垫之上红色面庞之人如同阎王现世一般，乃手段残暴的辛巴大将：头戴铜质宽边头盔，盔顶黄金点缀，身穿铜质盔甲玛布奔宗，胸前悬挂白银圆镜。他捋一捋胡须后将一条哈达，连同百条黄金、百锭银子献给大王后，唱道：

嗡嘛呢叭咪吽！

阿拉塔拉唱塔拉，

不变霍尔之母语，

拜见喇嘛大官唱；
商议国家大计时，
缓流大河一样唱。
上供天神在空中，
白色雪山宫殿中，
白色天泰神鉴知，
黄色霍尔之阳神，
莫要涣散助辛巴；
半空霓虹宫殿中，
不变查沃斯宗中，
不变天神威武者，
莫要涣散助辛巴；
雾气笼罩河面上，
青色玛瑙发辫者，
莫要涣散助辛巴，
要取魔敌之性命。

霍尔热嘎六谷中，
雄伟红山山尖上，
霍尔觉拉蔡则鉴，
交战之日如火焰，

要将敌人变灰烬。

这是何方怎知晓？
踏足陌生地界中，
地名人名不知晓。
之前达岭交战时，
无敌赞拉多杰将，
独自逃窜去汉地。
神子扎拉孜杰将，
三械利器挂身上，
鹏翅飞马座下骑，
饿狼一般去追缉，
拉鲁年等护法神，
相继助他一臂力。
中原之地五台山，
佛教圣地峨眉山，
此地来回追三圈，
将他向上追赶时，
逃至斯玛下方处。
此地山谷沟尾处，
压在赞拉岩山下，

魔地魔巢三岔口，
这些记载于历史。

今日白岭王臣们，
犹如日月星辰般，
同心同德来相聚。
今日王臣聚一起，
若要比喻是这般：
大地若不降暖流，
春夏秋冬怎区分？
四季如若不轮换，
世间众生怎生存？
白岭王臣老幼们，
今生血肉之躯体，
一来天神之恩赐，
二来利益众生事，
三来白岭之命运。
白岭王臣将士们，
要与魔国来交战，
不是无故逞英雄，
起因归根于佛法，

此番不得不交战。

我乃阿钦霍尔国，
奉天承运受天命，
成为白帐王大臣，
现为岭王之法臣。
血肉筑造之躯体，
任命两职于一身，
上半辈子陷世俗，
从未想过救世主，
下半辈子遇佛法，
雄狮大王拜为师。
雄狮喇嘛仁波切，
一心造福众人事，
辛巴虽死却无憾。
若要比喻是这般：
展翅飞翔之雄鹰，
吃人肉来饮人血，
虽知不净命注定；
善于奔跑之良驹，
四蹄飞快走四方，

虽知劳累命注定，
走姿不得不炫耀；
无主游走之饿狼，
翻山越岭寻食物，
虽知辛苦命注定，
只能呲牙又咧嘴。
白岭格萨尔大王，
重要之事派信使，
虽知此番有劫难，
不得不把三械挂。
但是此次霍尔兵，
前行一人踱步般，
驻守众人能同心。

此番冲锋陷阵时，
定有战死沙场者，
但为众生之利益，
懊恼后悔不曾提。
如今誓言不会变，
水中之石不会变，
男儿想法不会变。

一来霍尔部落大，
二来暴风雪狂虐，
三来寒冬腊月长，
虽说难免受苦累，
大王旨意却难违。
霍尔阿钦大平原，
集结军队两百万，
冲锋陷阵已足够。
后方衣物军粮等，
莫要懈怠需备齐。
斯玛托贵大王他，
制伏之日已来到！
此番纠纷之根源，
要属达戎部大官，
达戎大官超同他，
贪婪从未满足过。
自家十八部落中，
尼玛客商为核心，
三百头骡马驮货，
金银玛瑙等珍宝，
来到斯玛国地界，

无缘无故丢性命，
珍贵财物被劫掠，
这般劫难未预料。

在座叔伯英雄们，
岭国格萨尔大王，
许久未曾来相见，
今日难得来相见。
上至大王和总管，
下至无知孩童间，
卦师星算喇嘛等，
身体是否无病恙？
驾鹤离去有几人？
岭国老幼女眷们，
美态财宝和智慧，
是否之前般富足？
觐见王臣之礼物，
一人一条白哈达，
还有黄金各五两。

莫有负担请笑纳，

听懂歌儿记心间!

辛巴大王唱毕，大臣们对辛巴大王无不赞许：“上等男儿就该他这样！”王叔超同心想：听霍尔辛巴所言，此番出征实乃王命难违，他并非诚心诚意助我达戎部落做后援。如今就如老者迷恋纠纷，老马贪恋饲料般，对此等人儿不能太过信任。

岭国其他英雄默不作声。就在这时，前列首席三层锦缎坐垫之上的总管王戎擦查根皱纹满面、白发苍苍、骨瘦如柴、身形如枯木一般；他与潺潺河水同流、与坚固磐石同生、与荆棘丛林同长，嘴巴瑟瑟发抖如吹气皮筒一般，身体颤颤巍巍如树枝乱晃一般，用慢行不变曲调唱道：

嗡嘛呢呗咪吽!

阿拉拉姆唱阿拉，

塔拉拉姆唱塔拉，

喇嘛本尊空行三，

诚心祈祷赐加持，

慈悲之心来关照，

成就赐予花岭国，

如影随形般护佑!

如若不知此地方，

汉地索波交界地，

斯玛朗赤之下方。

再走三日之路程，

就能到达斯玛国。

在座白岭王臣们，
请听我来细细讲，
此地实乃黑魔谷，
子民愚昧如畜生，
没有一点善念在。
一来空中之飞鸟，
二来水中之鱼蛙，
野兽毒蛇和昆虫，
世间出气存活者，
都会杀来做食物。
不知上供三怙主，
慈悲施舍从未有。
敬仰上师先不说，
恶语相加从未停，
不信前世和来生。

在座王臣请细听，
今年白岭地界中，
五大部落之军队，

气势汹汹到斯玛，
激烈战争难避免。
斯玛朗赤托贵王，
抢夺达戎之财物，
议和之事先不提，
这帮穷凶极恶徒，
如梦一般被杀尽。
但为岭国之声誉，
达戎超同大官你，
前去斯玛国营地，
装模做样去议和，
随行人员不必多。
古人谚语这样说：
一件外衣可保暖，
穿着过多成累赘；
一碗饭菜可充饥，
吃得太多难消化；
一个好汉可担当，
帮手太多无意义。
叔伯之中谋划者，
尼奔达雅是其一，

恰青嘎玛占堆二，

戎赛拉贵奔鲁三，

王子玛尼嘎热四，

嘎岱超同威玛[1]五，

霍尔辛巴大王六，

白岭丹玛强查七，

巴拉达杰森达八，

八人岭国聪慧者，

若需计谋可商议。

议和结盟之任务，

贡巴普依嘉扎将，

阿廓塔巴坚参担，

话语轻重和缓急，

怎样出口细思量。

姜子玉赤贡杰将，

阿达鲁姆是其二，

达隆霞嘎是其三，

董迥达拉赤噶四，

辛戎玛恰赞布五，

1　威玛：古象雄语，藏地古老苯教神灵系列中的一类重要神灵，在《格萨尔》史诗中通常与战神一词并列使用，意义相同或相近。

西夏玉日朗杰六，
嘉多普依亚麦七，
杜鹏白玛念扎八，
以上出征打先锋，
敌人攻击能抵挡，
自家营盘能独挡。

戎擦查根总管我，
智慧计谋集一身，
方法策略同时用，
守护大王之基业。

黑色魔国之政权，
瞬间击垮是其一，
转信佛法是其二，
夺得宝马福运三，
竭尽全力去实现。
白岭出征去远方，
是好是坏需实践，
一来天神降预言，
二来岭王颁旨意，

众臣聚集齐商议。

白岭英雄已结盟，

无需惧怕朗赤魔，

是否如此岭王臣？

听懂歌儿是甘霖，

句句在理无错误。

听完总管王命令之歌，岭国众位英雄个个满心欢愉地称赞总管王戎擦查根所说之言。之后，岭国英雄们一一将金银绸缎等珍宝献给雄狮大王，君臣们一起载歌载舞、骑马射箭，在欢歌笑语中度过了几日美好时光。

六月十九日，达戎超同的军队打扮成客商样，来到斯玛上方布隆杂戎平原的鲁河渡口扎下营帐，驻守此地的长官王子多旦扎巴很快得到消息。多旦扎巴心想：来到此地为数不多的客商们是否为达戎追兵？又或是其他地方的客商？不管如何要向大王禀明这等情况。他迅速来到斯玛托贵扎赞的宫殿中禀报。德吉桑岭宫殿中，大王和妃子、大臣、王子公主们于殿前一一就座后，多旦扎巴立即双膝跪地，说道："呀！端坐上方的大王啊！听我禀明此情况，去年木猪之年，话说达戎部落客商们，用百头骡马驮负货物，无缘无故到斯玛。按照大王的旨意，我等截获其无数珍贵的财物，并强行收入仓库。如今不明来历的百来个客商，已经到达斯玛地界。远看这些人的穿着打扮，不像是从天竺和中原汉地来的，这些陌生人，个个身材高大，四肢粗壮，皮肤白皙，身挂三械，坐骑健壮。如今不明情况前，不得不来禀告大王。"大王说道："你等前去客商营盘细细询问，他们从何而来？为何而来？"说完，斯玛大王将命令之歌唱道：

唵嘛呢叭咪吽！

阿拉风火之中唱，
江水缓缓流动歌，
大地稳固无需依；
红色火焰之歌曲，
山峰高耸无需依。
上供护法战神鉴，
坐骑黑色大青龙，
白云为衣身上穿，
锋利宝剑挂在身，
搅动三界之安宁，
朗拉白色天泰鉴。
玉龙咆哮霹雳降，
鹞鹰翅翼如暴风，
呼啸之声震天地，
星曜成群结联盟，
扎拉赛布禅师鉴，
大地狂风席卷时，
截断河水流淌路。
鱼蛙搁浅在河滩，
水魔巴瓦米僧他，
金眼鱼儿当坐骑，

百万水神身边绕，
快来护佑朗拉我。

此地斯玛朗赤滩，
八瓣莲花般大地，
蓝色大海来围绕。
斯玛上方朗赤地，
上百男儿右边绕，
上百天神常驻地，
大官颁布法令地；
上百女眷左边绕，
欢歌笑语好地方，
俗语说笑之地方，
美酒好茶供奉地，
王臣相聚之地方。

我是何人定知晓，
天神日月和星辰，
日夜兼程绕一圈。
大官打开宝藏门，
不分远近来施舍，

乞丐怎能不知晓？
东边斯玛名声大，
百万部众之主人，
托贵扎赞是我名。

在座大臣听我言，
神子多旦扎巴他，
翻过三山去放哨，
走过三谷去侦查，
最终消息是这般：
去年客商停留处，
少数客商又来到，
头戴硕大的头盔，
各种雕翎做装饰，
身上穿着铁铠甲，
盔甲之上插战旗。
男儿身高体健壮，
三械不离挂腰间，
身形高大魁梧样，
七尺男儿之样貌。
之前索波之上下，

黄色霍尔六部落，
天竺中原汉地中，
这般样貌未曾见。
上百人马到此地，
要么前来追赃物，
要么前来做议和，
要么边境之强盗。
若是重要客人来，
不得不把贵宾迎；
若是威猛之敌人，
不得不去过两手。
如今议和或开战，
如何行事之关键，
要有细听分辨者，
要有能言善辩者。
我方中用将士中，
多旦扎巴之随行，
琼纳珠杰是其一，
阿斯亚麦是其二，
坚布托拉亚麦三，
恰拉亚麦为核心，

辅助大臣有七名。

百名骑兵来护送，

前往客商之营地。

还未分清敌友前，

莫要贱人先出手，

长短冷暖粗细等，

问过三巡才定夺。

要向对方说的话，

词义不要出纰漏；

对方所言之重点，

莫要忘记放心间！

听懂歌儿是甘霖，

不听不再做解释。

听完斯玛大王所唱之歌，大臣们非常赞同大王的说法，并决定依计行事。

次日，神子多旦扎巴带领百名骑士来到客商营盘附近，此时岭国的将士们驻扎在热卡湖边，哨兵发现来者不善，立马放信告知敌情。岭国英雄们毫不惧怕，身挂三械，前去迎战，看到东北交界之地有上百骑士扬尘而来。琼纳珠杰亚麦手持利箭，骑玉龙飞马，犹如大鹏扑向毒蛇一般将毒蛇利矛斜放在肩头后，唱道：

唵嘛呢叭咪吽！

阿斯唱自天空中，

日月星辰明亮歌，
大地回暖之根源。
天空铁水沸腾处，
白色天泰神鉴知，
莫要涣散护佑我。
天空乌云滚滚处，
日扎铁质羽翼者，
灵活矫健空中飞，
今日护佑英雄我。
热查星曜利角者，
狂风暴雨一阵阵，
今日要将敌人灭。
黑色鲁魔黑角者，
今日护佑英雄我。

如若不知这地方，
西南两地交界处，
纳玛擦隆沟谷地。
雪山耸立如水晶，
雄狮绿鬃丰满地；
岩山屹立如野牛，

刀箭矛头锋利处；
平原七色花儿开，
野驴野牛休憩地；
斯玛杂拉穆布山，
擦曲威尔玛湖水。

我是何人定知晓，
北方奔跑白唇驴，
骏马也难赶上它；
游走山岭之野牛，
黄牛犄角难抵挡；
善于奔跑风翅马，
大鹏也难飞过它。
密林之中花斑虎，
狐狸怎敢与它比？
雪山之上绿鬃狮，
野狗怎敢与它比？
威震天下玉龙声，
蜜蜂怎敢与它比？
东方斯玛朗赤地，
斯玛托贵扎赞王，

六十勇将来围绕，
重臣就属琼纳我。
汉地谚语这样说：
天空玉龙未出声，
大地怎会降甘霖？
若不挑衅起纷争，
怎会引得追兵到？
在此驻地客商们，
严冬雪水融化前，
怎会听到杜鹃鸣？
甘霖未降大地前，
蔷薇花儿怎开放？
调解各部团结时，
为啥挑起这祸端？
强盗未有踏足地，
追兵已临城门下，
勇气还比天空高。
归根贪婪客商们，
身挂不同九兵器，
放肆之人怎看错？

于是听我把话说，

身穿袈裟之上师，
嘴上念经显慈悲，
内心却如毒刺般，
众生皆成他敌人。
如此贪婪客商们，
嘴上在说经论道，
暗地三械挂身上，
为己之利树众敌。
来此贪婪客商们，
未曾缴纳水草费，
独自称王又称霸，
山头草儿随意吃，
平原河水随意喝，
贪婪之人怎会错？
你等从何方而来？
经此要去何地界？
信任伙伴有哪些？
位高后援有哪些？
若要比喻是这般：
黄鸭休憩在南方，
凌冽寒风邀请它，

只有大海可依靠；
杜鹃鸟儿在故乡，
习习暖风邀请它，
只有密林可依靠；
不明来历客商们，
未曾谋面到斯玛，
经商财物有哪些？
价格如何来计算？
莫要保密说真话。
归根父辈儿孙时，
报仇雪恨之追兵，
之前结下哪些仇？
留下血债有哪些？
上等男儿前询问，
说话听言会分辨，
未说三句已明理，
和平哈达两相连，
一派和谐之场景；
中等男儿前询问，
询问之事立马答，
善于实践会交易，

经商之路伙伴多；
下等男儿前询问，
未曾开口怒目睁，
几句之内发毒誓，
脾气暴躁易动手，
引起部落间纷争，
纠纷接连不会断，
这些行径无意义。

于是来此客商们，
斯玛朗赤国土上，
天空不能任意飞，
营盘不能随意建。
如此根源是这些，
去年今年和来年，
三年之间光阴内，
斯玛之地无缘故，
一帮奸商来此地，
水费草费先不提，
盗抢劫掠全干尽，
人员伤亡有几起，

这之前无有纠纷。
于是斯玛地界中，
颁布严厉之法纪。
全是善意之提醒，
最好快快回家园，
没有纠纷两相安。
如若还不能返程，
草费水费要上缴，
要向大王禀来意，
要向大臣献财物，
水费路费缴民众。
行法严厉如火焰，
执法刀剑般锋利，
守法水流般难断。
贪婪之话无处说，
勇夫没有显摆处，
财富没有炫耀地。
斯玛朗赤之地界，
不是寻常之地方，
压制劲敌难出头，
辅助弱小不排挤，

若能想通速速回。

如若客商不听劝，

积累财富恐被劫，

珍贵性命难保全，

如何行事你来选。

琼纳珠杰亚麦唱完，休息片刻后未见对方回应。期间岭国贡巴普依嘉扎心想：今日定要迷惑此人以拖延时间。于是，他骑上乌骝赤噶马来到琼纳珠杰亚麦身边，身挂三械纹丝不动，说道："呀！斯玛大王之臣，琼纳珠杰啦！今日之前，虽未与你相见，但大名如雷贯耳。你乃智者不一般，满腹经纶无人比，此番教诲深入心底。此次我等客商迷路来到斯玛之地，就如那俗语所说的一样，'雪鸡来到山岭，山岭白雪覆盖没有欢愉之心'。但是，你的这番善意相劝，甚是难得，英雄好汉就是不同寻常，我定要向你诉求。"说完，贡巴普依嘉扎用狡猾拖延之曲调唱道：

唵嘛呢呗咪吽！

阿拉歌曲之开头，

若无阿拉歌怎唱？

塔拉歌曲之唱法，

若无塔拉歌无调。

上供自身之阳神，

一世供奉为护神，

不论远近或聚散，

如影随形常相伴。

我对此地不熟悉，
斯玛朗赤之国界，
道路不能任意走，
河水不能任意喝，
草费水费需缴纳。

如若不知我是谁，
我从高原藏地来，
历代法王先后诞，
祖孙法王可耳闻？
若知便是此后代。
善良慈悲是本性。
上去之人称阿颇[1]，
下来之人称阿歇[2]，
弱小之人从不欺，
布施贫困饥荒者，
借宿外出之商人，
从未收缴水草费。

1 阿颇：汉子、男子汉、大丈夫。
2 阿歇：主妇、主母。

上方高原藏地上，
卫藏大部有四岗，
我乃此地之客商，
世界各地去经商。
若要比喻是这般：
去年公鹿游走处，
如今犄角正茂盛，
此番景象甚欢喜；
去年种下五谷处，
今年谷物正丰收，
此番景象甚欢喜；
去年拜见喇嘛处，
今年赐予加持力，
此番景象甚欢喜。

于是阿颇琼纳将，
你乃斯玛之大臣，
去年今时这两年，
天竺汉地之边境，
山头任意插经幡，
乱用法纪来严惩，

无主之地乱收费，
无故截断经商路，
这些行径无意义。
未曾眼见有耳闻，
东方玛康岭国中，
恶母诞下觉如儿，
此人行事之方式，
压制恶人之颈项，
霍魔门姜索波国，
名震四方之部落，
一一收复成属国；
扶助弱小之子民，
管辖之内众部落，
缴械投降之将士，
无量慈悲来关怀，
觉如众人皆敬仰。

这般勇士之地界，
客商出入可随意，
草场费用无纠纷，
但是数月之前时，

花岭部落大商贾，
去往汉地经商时，
马骡之上驮财物，
却被强盗半路劫。
如今白岭众部中，
集结王臣和将士，
准备进发去汉地。

于是阿颇琼纳将，
你乃元老智慧多，
弱小客商引路人，
卫藏地界之商人，
来到陌生地界中，
一心依附大将你，
请求护佑赐计谋。
此地日出之方向，
再到中原汉地间，
长途跋涉需几日？
沿途经过北国时，
索波达查大王前，
怎样虔诚献哈达？

是否需要借营地?
水草费用可否交?

上至天竺之地界，
未曾听闻水草费。
今年行至斯玛国，
经商之路被截断，
驻扎营地被驱赶，
万般无奈客商我，
地面流淌之水费，
地面生长之草费，
不是客商我不给，
实乃斯玛勇士们，
言辞犀利如落石。
好汉无需这般样，
要向远走客商们，
慈悲关照指明路，
水草费用要多少，
不差分毫全上缴。

听懂歌儿是甘霖，

不听歌儿无结果。

听完贡巴普依嘉扎所唱之歌，琼纳珠杰亚麦心想：去年纷争之根源于今年得到果报，这是对斯玛的埋怨之词。这些人自称是卫藏商人，乃不实之言，无论是从外形，或是肤色都与卫藏之人相差甚远。东方白岭英雄身形健壮、六艺精通，他们或许是此地之人，未探虚实之前不能随意动手。于是，琼纳珠杰亚麦说道："呀！此乃斯玛之地，外人不可随意踏足，斯玛上上下下为一王之天下，外地之法在此根本不起作用，更不许外人耀武扬威。俗话说得好，'俩人和睦路坦荡，两河交融水域广'，你若是想让两国相安无事，就不应该让处在天竺、汉地之间，身披蓝天、大地为垫、名震四方的岭国和斯玛间出现隔阂。你若是善解人意、能说会道之人，就应该向大王呈上天竺佛礼、汉地法礼、藏地珍品等，而不能将'背后有靠山''复仇之兵'等言语说出口。"

贡巴普依嘉扎随即答道："遵命！我等远方客商只有百来位，怎敢与斯玛大国较量？如同地鼠般的我们别说和斯军作战，就连山坡滚石滑落也能让我等命丧黄泉。如常言'俩人和睦路坦荡，两河交融水域广'一般，若大臣有命令，我们一定遵照执行。"琼纳珠杰亚麦心想：听此人说话，不像狡诈之人，没有必要恐吓威胁。古人谚语这样说，"未到山顶呼神灵，未曾谋面就亲近"，如果此时动手便是大错。因此，还未摸清底细之前不能妄下定论。于是，琼纳珠杰亚麦说道："马背之说不能成就大事，你等先做商议，晚饭之前我们就此等候，之后再做定夺。"于是，他们在擦曲渡口边稍作停留。

次日，斯玛哨兵们看到客商于营帐中生火烧茶，于是也安心地喝茶饮酒。突然，半空中响起乐音，坐骑为狮子、黑熊的军队突现眼前，斯玛将士们怀疑是神鬼幻化，仔细观察，发现客商营帐中间有一群红光闪闪的大军迎面而来，马蹄阵阵，呼声嘶鸣。斯玛大臣琼纳赶快骑上马背跑去迎战，幻化之军窜入斯玛军队中杀死琼纳八十多位士兵。斯玛英雄达都赞布、顿度久美、哲度托杰三名勇将虽然奋力挥刀砍杀，但终究敌不过辛巴、拉贵奔鲁、丹玛三将，命丧沙场。琼纳亚麦、僧杰奔图、僧雏朗拉、珠拉朗加、僧格扎巴、多旦玉杰等将士仍然无所畏惧，继续浴血奋战，特别是斯玛僧杰奔图手拿曙光长矛，用空性曲调唱道：

唵嘛呢叭咪吽！
阿拉歌曲之上供，
塔拉事情之结果。
高空云端朗宗上，
天空命主纳布鉴；
中间宽阔隆宗中，
东方自在天鉴知；
下方大地朗宗城，
护法夏如赞古鉴。
危急时刻请护佑！

如若不知这地方，
擦隆宽阔大平原，
擦曲流经之地方。
我是何人可知否？
斯玛珍宝之故乡，
扎嘎玉隆山谷中，

六个部落的首领，
僧杰奔图是我名。

来此游荡客商们，
不知好坏宿营者，
不知羞耻欺诈者，
来此安营扎寨外，
挥刀射箭显威风，
狡猾之人不一般。
未曾开口刀出鞘，
挥刀射箭暴风般，
骑马飞驰疾风般，
此番行径太无耻。

于是来此客商们，
早晨谎言从口出，
黄昏女子出走般，
早晨恐怕成笑话。
毫无羞耻强盗们，
秋季游走于汉地，
春季游荡于边境，

过往不值得提起。
去年谎言如蜜糖，
天地之间盟誓言，
就如甘霖般滋润；
大地与水之盟约，
就如春风般温暖，
如今都变成谎言。
狡猾奸诈者谎言，
看见珍宝起贼心；
物欲横生之上师，
看见财物赐加持，
阎王地狱无畏惧。
无耻大官在位时，
欺压属下弱小者，
富商之子来勾结，
因果轮回忘干净。

于是狡猾客商们，
以为世间无人比，
与我僧杰奔图将，
交手赢战是幻想。

于是蓝色先锋将，
蓝色马儿如毛驴，
就如雏鸟难高飞。
斯热旋风我坐骑，
与我比试成空谈。
蓝色天空般大将，
拨开云雾阳光照，
黑色星曜已出没，
天空霎时变黑暗。
手中所持之宝剑，
剧毒霹雳寒光刀，
命主阎罗王宝刀，
一刀砍去难逃命。
于是勇猛男儿们，
快说你等是何人？
狡猾奸诈无意义。
如果顺从不忤逆，
你等小命会保全，
蓝将请你记心间！

僧杰奔图唱完，将刀剑出鞘稍作停留。姜子玉拉托久骑在傲牛玉龙马之上，说道：“呀！贪婪英雄儿，可曾听说‘女子妖媚坏名声，恶狗自大被欺凌，骏马傲娇易跌倒，大官欺民官帽丢，上师贪财下地狱，英雄空话留笑柄’？我等跋山涉水来到此地定有目的。”于是，玉拉托久将此行来意用歌唱道：

唵嘛呢叭咪吽！
阿吉米吉央吉三，
不会变化之歌曲。
不变山脉冈底斯，
不变玛旁雍措湖，
不变玉拉托久将。
上供蓝色天空中，
玉龙火翅随风舞，
雷声阵阵响四方，
阳神天泰神鉴知。
乌云密集翻滚处，
覆盖半空中泰鉴。
下方大地河谷处，
狂风暴雨一阵阵，
地泰黑色鲁魔鉴。
助我英雄凯旋归。

这是何地定知晓，
北方山岭洼地处，

宽阔沙地成平原，
凹凸不平是沙丘，
青色擦曲是地名。

我是何人恐陌生，
幸福十八河谷中，
巴旦阿旦央旦三，
萨当穆布姜之地，
上方森赤城堡中，
萨当大王之后裔，
姜子玉拉托久将。
蓝色大将不差劲，
要说好处有这些，
蓝天若无乌云遮，
怎能抵挡太阳光？
雪山唯恐被融化。
山岭树茂百花开，
若无寒冬暴风雪，
世间终生依附处。
大大小小之湖泊，
寒冬若不结成冰，

下方龙神依附处。
五谷丰登之田野，
若无冰雹寒霜袭，
富庶五谷之粮仓。
蓝色彩虹色宝剑，
刀刃若不遇上石，
能把敌人千刀剐。
玉龙夏日之点缀，
炎炎夏日若不完，
震耳欲聋声不绝。
蓝色大将玉拉儿，
今生死期未到前，
浴血奋战如霹雳。
玉拉名字之来历，
孩提九岁之前时，
姜国旺秀是其一，
姜国念扎是其二，
我等三人喜劫掠，
想要抢劫大部队，
若要比喻是这般：
上师喇嘛喜佛法，

若能践行天神喜；
英雄男儿喜劫掠，
若遇好汉可较量。
穆布姜地再向南，
西南卫藏交际处，
羊卓雍措之湖边，
盗抢九十匹骏马，
杀死上百位追兵。
雅拉香波[1]之山神，
嫉妒之风震天地，
蓝天突然起乌云，
雌雄青龙盘天际，
响彻震天动地声，
霹雳火焰从天降，
马背之上来翻滚，
霹雳闪电徒手抓，
山岭击碎夷平地，
人称玉拉托久儿。

辽阔穆布姜之地，

1 雅拉香波：一雪山名，在山南地区琼结县境。佛教徒视为神山。

名为托久有三人：
森姜托久是其一，
巴桑托久是其二，
玉拉托久是其三，
名为托久这三者，
以上诸事有依据。
若是僧杰奔图将，
玉拉心底生欢喜。
花斑猛虎和花豹，
花纹斑斓乃相似，
獠牙锋利今日比；
南方密林之毒蛇，
无边天际之玉龙，
外形虽然都相近，
爬行速度可比较；
高山峻岭之公鹿，
羌塘草原之野牛，
食用水草虽相同，
头顶犄角可比试；
姜子玉拉血肉躯，
僧杰奔图大臣俩，

虽然都是大王臣，

六艺技法今日比。

口说空话无用处，

英雄男儿上沙场，

斯热毒矛空中划，

如不迅速开杀戒，

蓝色兵器无意义。

短命人儿记心间！

唱完，玉拉托久便将火焰自燃长矛向僧杰奔图刺去，不偏不倚正中其胸口，僧杰瞬间四分五裂，一命呜呼。之后玉拉从右边包抄，辛巴从左边包抄，对方三十名将士命丧黄泉。僧杰奔图辅将和属下军队试图逃跑，被岭国士兵团团包围，逃跑无门，对抗无力，有的投入擦曲之中，有的缴械投降。魔臣琼纳敌不过岭国大军，连忙幻化成一条青龙钻入云层之中。丹玛追赶赞魔色拉亚麦，远射一箭正中其后脑勺，他随即掉下马背。魔臣雍仲拉杰不逞愚夫之勇，立马向达戎超同投降。超同心想：呀！今天真是出乎意料。古人谚语这样说，“福报男儿之周围，短命小人成群绕；英雄男儿之周围，胆怯之人摇尾巴；勇猛男子所到之处打胜仗，贤良女子所在之处福报存”。我达戎超同的命运上天已安排，前世为马头明王之转世。之前时日中，白岭上上下下的叔伯、兄弟、内外大臣等对我达戎言辞犀利，多有不敬。此次，向我投降之人为斯玛大将，若我能将此人首级砍下呈上，定能邀功受赏。于是，超同挥舞魔刀，呲牙咧嘴，面目狰狞地向其炫耀武艺，用天空雷声曲调唱道：

唵嘛呢叭咪吽！

吽誓歌曲之开头，

啪啪歌曲之核心，
吽誓啪声取敌命，
战胜黑魔之歌曲。

青龙震耳欲聋声，
马头明王之怒歌，
红色马头明王一，
达拉火焰神其二，
雍仲苯赛喇嘛三，
一世敬奉之护身，
成就福报和后援，
祈愿同时能如愿。
天空百鸟展翅处，
大鹏羽翼最丰满，
直冲飞越高空者，
唯有雄鹰能实现；
獠牙利爪兽类中，
雄狮大王地位高，
连人带马活吞者，
唯有老虎能实现；
无边无际大海中，

身形矫健属鲨鱼，

穿越海洋到彼岸，

唯有金鱼能实现；

六道众生汇聚处，

身披法衣是喇嘛，

来世轮回引路者，

唯有和尚能实现；

百马列队比速度，

飞马风马速度快，

唯有森马拿头筹；

白岭上百男儿中，

狮虎一般将士聚，

吽死啪倒[1]之咒语，

唯有超同能掌握。

此地你等定知晓，

广阔平原大河流，

三械犹如流星般，

尸体成堆秃鹫满。

1　吽死啪倒："吽"与"啪"是格萨尔叔父超同惯用的两个咒语。依据史诗，"吽"与"啪"同为咒语，前者一念诵，便能置对方于死地，后者一念诵，便能置对方于倒地。

如若不知我是谁，
一世为人有两身，
之前上半辈子中，
马头明王幻化身。
白岭穆布董之地，
戎地山岭上方处，
建有乌鸦心宗城，
我乃八方部落首，
四母超同是我名。
达戎威猛部落中，
王叔达戎超同我，
穆布董之主心骨，
总管戎擦之弟弟，
僧伦大哥之兄弟，
岭国大王之王叔，
四母大王超同我，
不可或缺之一人。
凶猛敌人压制者，
锋利无比刀剑般，
吽死啪倒之恶咒，
其玛惹觉之诅咒，

无人与我比高低。
我乃神鬼幻化身，
降伏妖魔鬼怪者，
实乃部落之大官，
位列叔伯之首位。

赤人听我把话说，
阿孜这事太奇特，
今晨日出之时起，
今晚日落天黑间，
平原之地来赛马，
沙滩尸骨堆成山，
鲜血流淌成河流，
最终战事结束后，
留下你这般勇夫，
英雄大名怎称呼？
地位权力有哪些？
莫信口雌黄直说！
头上戴的白头盔，
人称浪卡托宗盔；
手中持有弓和箭，

人称瓦玛嗡嗡弓，
朗加托贵乃魔箭；
座下骑乘之良马，
人称咕咕若佐马，
租用骡马之后系。
花花岭国之地界，
魔盔魔甲和魔弓，
魔箭魔刀和魔马，
妖魔鬼怪六兵器，
只有达戎独自占。

喂！赤人赤甲者，
今日早晨之时起，
直至日落天黑间，
挥舞刀箭战沙场，
尸骨堆满平原地，
鲜血染红青色湖。
古人谚语这样说：
未雨绸缪好男儿，
事后懊悔下等人。
双脚若不着地面，

羌塘地域怎丈量?

若不试着走三步,

怎能跨越这门槛?

如上所喻有疑问,

若不欺瞒道真话,

花花岭国营地外,

马倌伙夫可担任。

若有欺瞒和谎话,

杀鸡无需用牛刀,

杀鸟何需用兵器?

你等如同幼虫般,

吹灰之力便解决。

听懂歌儿是甘霖!

超同将谩骂之歌唱完后,雍仲拉杰心想:听超同之言,未曾面见大王前,唯恐死于小人手;肚中食物消化前,无端疾病来缠身;计划策略实践前,唯恐小命难保全。如此想着,雍仲拉杰随即答道:“拉嗦!年老皱纹难擦去,上世因果不会变,射出之箭难折回,天竺、汉地、卫藏等,没有一处不曾去,未曾听闻这些话。阿孜大官超同啦!之前达戎超同客商的财物,被斯玛军队强行劫走。如今复仇追兵已到,杀人劫财无所不作。就如‘挥动长刀要有把握,射出利箭要有分寸’般,如今已经报仇就应该稍作收敛,不要对投降之人使脸色、恶语相加。我等最终被敌人和亲近之人杀害,若无慈悲都一样，生老病死全由阎王判定。只因我眷恋家中老小、亲眷，所以一心向善，背弃十恶。如今我决意向超同长官缴械投降，并非我贪生怕死，如若你再蛮横无理，我定将你等狡猾之人灭于剑锋。”雍仲拉杰说完，拿起刀剑冲向超同。此时，超同胆战心惊，立即说道：“呀！勇士莫说此话，你我有缘无需刀剑相对，还是随我亲自到大王面前说明实情为好。”说完，二人向岭国营帐方向飞奔而去。

五

超同与雍仲拉杰二人来到达戎营帐，在王臣面前商议此事。王叔超同走到众人前，将雍仲拉杰投降原委说明。雍仲拉杰也随即走上前向白岭王臣们行斯玛之礼，说道："呀！白岭神部中的王臣、英雄、成就者们，之前虽有耳闻但从未亲见，今日一见果真不同凡响。"雍仲拉杰说完，立即从胸前嘎乌中拿出右旋珍宝双手献于尼奔，并将投降庇佑之歌唱道：

唵嘛呢叭咪吽！
阿拉拉姆唱阿拉，
没有间断佛之歌，
佛法甘霖如雨下，
日夜滋润赐加持，
洗去悲哀之慈雨。

三界有情之众生，
今生血肉之躯者，
腹中饥饿是其一，
缺衣寒冷是其二，
心中畏惧是其三，
祈愿世间无此苦。

黑色魔怪之身躯，
白天杀人乱如麻，
夜晚恶贯满盈者，
日夜不停作恶多，
自身作孽迷雾罩，
来世怎会得幸福？
因此修法念加持。
上供无边天际中，
朗拉嘎布骑龙者，
雷声阵阵如冰雹，
展开火翅响声大，
今日为我引歌头；
中空屹立山峰上，
查沃星曜之幻化，
三械在身武艺高，
今日助我一臂力；
下方龙神宫殿中，
鲁魔巴瓦龙之子，
无尽财富如宝藏，
祈愿成就赐福报。

此地你等定不知，

今日之前的时日，

黄色霍尔和汉地，

亚康姜和朱古地，

东西南北交界处，

斯玛朗赤之国度。

有些地方靠北边，

羌塘野驴和野牛，

羚羊狐狸等禽兽，

血肉作为盘中餐。

有些地方靠南边，

密林之中建城堡，

花草树木能果腹。

在座王臣英雄们，

我是何人若不知，

东方金刚魔谷中，

狭长魔谷玉宗城，

百万部落之首领。

斯玛托贵扎赞王，

属下猛将名远扬，

无敌勇夫有三人，
我等虽然不在列，
若要比喻是这般：
天空明亮启明星，
虽然不在繁星列，
却是黎明之星辰；
游走山岭之野狼，
虽然不在百兽列，
却是饮血吃肉者；
山岩之上狗头雕，
虽然不是禽类王，
双翅却能覆山岭；
斯玛托贵王臣我，
虽然武艺不超群，
却能镇守住家园。

如若不知我是谁，
雍仲拉杰是我名，
董德西热是父名，
仁青拉宗是母名。
今日之前的时日，

索波朗拉部落至，
汉地达赤部落间，
拉杰如雷贯耳名，
不是自夸众人知。
远征沙场是先锋，
驻守家园如梁柱，
这些事情都属实。
如今事情紧要点，
享受美食前敬神，
祈愿一世能护佑；
说话之前要比喻，
希望词义更顺畅；
贵客临门铺地毯，
期盼议和能共处。
今生积累之财富，
部落父母和兄弟，
一生伴侣和子女，
全部抛弃太悲哀。
但是在座大官们，
雄狮诺布占堆他，
未曾谋面已许久，

今生来世救世主，
今年如愿能见到。
白岭八十位英雄，
上方天神之幻化，
黑色魔军压制者，
世间万物之栋梁，
扶助弱小如父母，
压制劲敌如鬼魅。
今日早晨之时起，
前思后想几万遍，
茶饭不思食无味，
夜晚入睡梦境中，
时好时坏不一样。
起初噩梦是这般：
幽长山谷密林中，
荆棘丛生难踱步，
赤身裸体无处藏；
之后山谷显彩虹，
天空火翅飞龙盘，
半空之中下冰雹，
荆棘密林被火烧。

今日早晨之时起，
白岭十位大英雄，
三械挂身战沙场，
我等左右来避开，
不是贪生怕死者，
只是一心向白岭，
刀剑不对白岭将，
害怕惊扰格萨尔。

去年木猪年伊始，
无故白岭客商们，
财物强行被劫掠，
无辜之人关牢狱。
归根到底从那时，
斯岭对战成定局。
斯玛托贵扎赞他，
外道魔鬼之化身，
无量佛法之敌人。
岭国格萨尔大王，
至上佛法之核心，
黑色魔鬼压制者，

这些都曾有耳闻，
但是昨日来此地，
事与愿违担此任。
心底想法是这般：
黑白善恶之本性，
犹如沟谷般分明，
如同猫头鹰羽翼。
虽然负命来战场，
一心却念白岭国，
怎会刀剑来相对？
如今喜事已临门，
诸多愿望要实现，
冬季平原之枯草，
春季甘霖来滋润，
繁花似锦成定局；
白雪覆盖之雪山，
温暖阳光来照射，
河水渐涨成定局；
福报之人所祈愿，
今日诸事都如愿。
手上刀剑未出鞘，

沟头沟尾到处窜，
岭国小小经商队，
如同牧人护牛羊，
从未与岭互为敌，
如今诚心来皈依。
世间谚语这样说：
慈悲善待投降者，
真诚待友如手足。
就如以上所喻般，
慈悲之心来关照，
吩咐之事皆遵命。

听完雍仲拉杰所唱之歌，王叔超同心想：此人能说会道不一般，先是对我俯首称臣，之后又将珍宝献给尼奔。超同思来想去气得发抖。尼奔心想：雍仲拉杰将金银珍宝献给我，但是起先又俯首于达戎王叔超同，因此超同发怒可以理解。这时，右边列首虎垫之上阎罗般红脸之人，上半脸如阎罗发怒、下半脸如雾气腾腾的辛巴说道："呀！白岭王叔兄弟们，今日雍仲拉杰将，哈达没有献错人，话语没有错半句，所投降之国为白岭，所祈求之人为达戎。父亲、母亲和孩子，一座城堡之主人，掌管宝藏无区别；上师、学徒和喇嘛，一座寺庙之学徒，谁来主持无区别；大官、大臣和仆人，一部法典依附者，忠诚担当无区别。斯玛雍仲大臣你，今日投降是好事。尼奔达雅他，格萨尔大王之兄长，总管大王之侄孙。尼奔、超同两大官，犹如左右眼睛般，胸口鲜血无稀稠，四肢身躯无轻重，依附哪方都没错。于是雍仲拉杰将，一颗忠心向白岭，投降誓言已完成。但是，古人谚语这样说，'生下九子之母亲，不诉衷肠向谁说？位高权重之喇嘛，不去祈福向谁说？’一生护佑之大官，不去祈求向谁说？如上所喻般，你为了父母、兄弟、妻儿的幸福寻求庇佑无可非议。如今口出之言不能变，射出之箭难折回，如果口是心非，将受到岭国法纪严惩，小命恐怕也难保全。”尼奔也赞同辛巴大将的想法，心想：斯玛雍仲拉杰武艺虽然并不超群，但是若真想逃跑，羌塘地域辽阔，逃之夭夭也并非不可能的事。但是此人一心向善，因此对岭国俯首称臣。于是，尼奔说道：“岭国大军来到斯玛之国，全因六道众生之福祉，虽然此时斯玛大王威力无比，但最终将被岭国征服。拉杰你等也要信守承诺，回去之后要说服斯玛部众向岭国投靠，特别是大臣琼纳托赞和朗拉等大将，也要一一说服，并把斯玛内部机密随时上报。”拉杰心生喜悦，连忙答应，带着七位可信内臣回到斯玛故里。

这日，他们来到迥隆沼泽平原时，已近黄昏，拉杰说道：“我们从岭国匆忙出来，柴米未进。”于是，他们开始就地生火烧茶，安营扎寨。这时，正好走来托拉亚麦和梅拉朗加托白俩人，赶着驮负货物的五十头野驴和野牛。他们寒暄一阵后就坐下来煮肉烧茶，谈论战事。雍仲拉杰将昨日战败，除了琼纳和桑珠朗拉不知死活外，其余两百来名将士死于岭国之手的经过详细叙述。梅拉朗加勇猛无比，臂力能使高山动摇，一口能饮尽大海之水，一脚能踢毁土堆，徒手能抓住玉龙，一箭能射落日月。梅拉向他们询问岭国将士数量和战备情况。雍仲拉杰说道：“他们不过上百来号人，这些人中有姜王子玉拉托久、霍尔辛巴、门国董迥、丹玛、巴拉、嘎岱等如虎豹般的猛将，我方军队多数死于这些将士之手。”梅拉朗加托白思虑周全后说道：“呀！我等在此打猎消磨时间，未曾亲赴沙场，出一臂之力。如今岭国营帐正在迥隆之地，托拉你我俩人带领二十名将士将岭军杀个片甲不留。”

于是，托拉亚麦和梅拉朗加托白两人来到迥隆，只见迥隆右边岭国军帐如繁星般散落于平原之上，梅拉挽起双袖，说道：“前方岭国部落营帐，如同盘中青稞，可任意吃完；如同圈中羊群，可任意捕捉。”说完，梅拉便如同磐石滚下山坡、电闪雷鸣一般冲到岭国营帐前。岭国军营中的董迥达拉赤噶骑上雪山一般的白马前来迎战。梅拉闭口不言连射三箭，一箭正中董迥达拉赤噶胸口圆镜，圆镜瞬间裂开，因内有金刚护法保佑，没有伤及性命；另一支箭正中门国朗杰托梅心口，致其从马背上摔落。接着，梅拉抽出宝剑正要冲上前，却被董迥达拉赤噶以迅雷不及掩耳的速度挡在了他面前，说道：“呀！奸诈狡猾之人，饿狼一般游山岭，射出锤轮一般箭。若不能将你消灭便无脸见人。”董迥达拉赤噶说完便唱道：

嗡嘛呢呗咪吽！
歌曲一遍一遍唱，
此乃故乡之方言。
上供朗拉珠赞鉴，
中供赞拉命主鉴，
下供鲁魔纳布鉴，
今日做我之后援。

如若不知这地方，
北方沙漠丘陵处，
如同圆镜般平原，
斯玛边界上方地。
此地重要之关卡，
上去之人如飘雪，

下来之人如旋风，
下方汉地之茶道，
上方泥婆罗商路。

你若不知我是谁，
天竺南边来接壤，
高原藏地无距离，
门国六个红河谷，
南方天竺来接壤，
东边汉地临边界，
这般地域之主人，
门国朗杰之后裔，
董迥达拉赤噶我，
先前辛赤之大臣，
如今皈依入佛门，
成为格萨尔大臣。
位列三十英雄中。
于是赤人赞玛将，
若要比喻是这般：
山岭沟谷之长短，
细看水流便知晓；

夏冬两季之变化，
杜鹃乐音便知晓；
男儿贵贱之区分，
询问几回便知晓。
两位好汉今日遇，
挥刀射箭比高下，
赤人三械挂一身，
坐骑白色战马上，
傲慢磨牙声阵阵，
这般勇夫之样貌，
董迥从未心服过。
流淌河水之深度，
淌水过河便知晓；
赛前马儿谁最快，
平原踱步便知晓；
军队之中勇猛者，
短剑比试便知晓，
这般莽夫挑事端。
平坦之地想踱步，
四蹄飞奔难平稳，
这般马儿难取胜；

天空群星来装饰，
日出彩虹般消失；
英勇男儿想赢战，
运气不佳小命丢。

于是赤人阎罗子，
临死之前别急躁，
你等从何方而来？
父母大名是什么？
部落地域宽广否？
过往作战有哪些？
白岭部落之英雄，
从未杀死无名汉，
穷人财物从未盗。
若要比喻是这般，
犏牛虽然无后系，
黄牛却是其父亲，
耕田犁地是命运；
骡子虽然无后系，
毛驴却是其父亲，
驮负货物是命运。

血肉之躯梅拉将，

出生之地在何方？

过往历史请直说。

听懂请你放心间，

不听就当是噪音。

唱完，董迥呼唤地祇护法、战神威尔玛、空行等前来佑助，将神灵护佑的套索扔向梅拉，瞬间套住梅拉脖子，三个铁钩直插其胸口将他拖倒在地。梅拉虽然连砍数刀，火星乱窜，却未曾砍断套索，于是他挽起双袖扑向董迥。说时迟那时快，丹玛捆住梅拉右手，桑达阿东捆住梅拉左手，将其拖行数里。托拉亚麦看到自己的同伴被活捉，连射十箭，一百多个岭国士兵瞬间丧命。这时，噶德曲迥贝纳头戴黑色咒帽，身穿护法神衣，犹如旋风一般来到托拉面前，托拉难敌噶德之勇武，于是调转马头窜入岭军将士中。噶德曲迥贝纳紧追不舍，说道："呀！贪婪魔鬼之子，起初如同恶虎一般，如今却如狐狸般逃跑。若是身为男儿身，杀敌盗抢样样要拿手，夹尾逃跑就如同弱女子一般。"

噶德说完便拿起地上如羊肚般的磐石准备砸向托拉，托拉亚麦身手敏捷，连忙拿起火焰奔图刀连砍噶德三下，却未能伤及噶德丝毫。他想此人定是神灵幻化而来，来不及将刀剑放入鞘内就神变为拥有铁翅、羽翼似火焰般的大鸟飞向高空。噶德曲迥贝纳将三界日月星辰套索扔向半空，立即套住此鸟，托拉亚麦幻变之鸟被重重地摔在磐石之上，瞬间脑浆四溅，一命呜呼。岭国英雄们汇聚在营地，将梅拉五花大绑捆在八岁孩童身高的柱子上。因为他是魔子，所以无论岭国王臣们对他如何谩骂、训斥，他都辨不清是非，只一味地发怒。于是，噶德曲迥贝纳和超同用恶咒将他倒立埋入三谷交叉的深渊之中。

与此同时，雍仲拉杰和随从连日奔波回到树木稀疏的达姆平原。次日日出之际，他们来到斯玛大王宫殿的幸福欢聚会场，走到大王跟前禀明战败的缘由。此时，位于中间列首的大臣西热扎巴起身向大王敬献哈达，并唱道：

喻嘛呢呗咪吽！
一首唱自高空中，
日月星辰相聚歌；
二首唱自半空中，
犹如杜鹃鸣乐音；
三首唱自大地上，
犹如甘霖从天降。

一敬珠拉嘎布神，
二敬超拉天泰神，
三敬鲁魔珠拉神，
斯玛之地三阳神。
助我议事能顺利。

此地王臣相聚处，
青色玉龙之宝宗。
我乃年长之元老，
今年一百一十三，
西热扎巴老臣我。

今日之前的时日，

乌云密集要下雨，

秋季霜降叶枯萎，

计谋有误要失败。

我的祖上之世系？

上师仁增多杰他，

留有预言是这般：

东方玛隆火焰起，

蓝色湖水难浇灭；

边境人财被劫掠，

劲敌来袭难击败；

大鹏展翅飞天际，

剧毒之蛇难逃命；

玉龙天空震耳声，

雄狮绿鬃沾泥地；

年长猎人射利箭，

公鹿犄角染鲜血，

这些都在预言中。

今年时机有变化，

不祥预兆有这些，

古人谚语这样说：

早晨阳光手难遮，
夏日水流溢沟渠，
寿尽名医难救治。
上师逃离佛门前，
不在寺庙游街巷；
大官犯法受惩前，
日夜追逐名和利；
女子家庭破裂前，
伴侣之外找浪子；
英雄男儿战败前，
随波逐流没主见，
这些说法有道理。

去年木猪之时年，
大臣虽然有谋略，
琼纳珠杰将为首，
一群莽夫逞英雄。
上师意愿徒弟改，
大官计划臣子改，
大局怎会不搅乱？
女子不遵父母命，

家庭怎会不分散?

如此我方王臣们,

无为男儿逞愚勇,

崇山峻岭处赛马,

血洒疆场可知否?

没有远见计谋差,

最终国破家人亡。

不可忤逆是官话,

没有盖子是浅锅,

不可战胜是岭军。

花岭诸位英雄们,

八十天神之幻化,

战无不胜如霹雳。

这般王臣真勇武,

威名远扬震四方,

势力可与天神比,

与此为敌难逃命。

达戎超同长官他,

马头明王之转世,

吽死啪倒之咒语,

其玛热觉之魔力,

这般勇夫谁能比？
今日之前之时日，
与岭为敌乃下策，
善于克制是英雄，
话有分寸是智者，
不逞愚勇是战将，
食有节制是富翁，
善跑之马能胜利。
真理名言有很多，
能遵医嘱者甚少，
智勇双全将士少。
去年达戎之财物，
强行劫掠来独占，
侵略他国酿恶果。
降雨之前要修渠，
否则洪流挡不住；
烧火之前要挡风，
否则火焰难控制；
说话之前要思量，
否则出口难收回。
如今厄运已降临，

漫山遍野是兵马，
与那暴风席卷来，
与那鸟儿扑面来，
与那河水翻涌来。

在座斯玛王臣们，
坐以待毙万不可。
斯玛上下各部落，
集结备战是其一，
议和之事是其二，
和平使者之大任，
应由老臣我来担，
如若议和事能成，
老臣死而已无憾。
如果有理随我意，
如此王臣记心间！

西热扎巴唱完，斯玛托贵大王听到老臣如此之言，犹如毒蛇被荆棘抽打、鱼儿沙滩搁浅般怒火中烧，说道：“呀！将近半百之老头，不懂装懂之话实属无耻之言。就如古人谚语‘无阴老妇折断老夫命根’一般，你已年过半百，如今五官衰退，食之无味，虫啄无觉，却妄议国政，已是亡国之徒！”于是，斯玛托贵大王傲气冲天、咬牙切齿、怒目圆睁地将命令之歌唱道：

唵嘛呢呗咪吽！

斯玛之歌声声唱，
此乃故土之歌曲。
关键时刻才来唱。

上供珠拉嘎布鉴，
放我头顶如珍宝；
中供诸位战神鉴，
助我三械必赢战；
下供黑色魔神鉴，
取敌性命如屠夫。

此地玉龙宝宗城，
无尽珍宝收藏地。
城堡历史若不知，
黄金铸造顶梁柱，
外部铸铁围成圈，
中间大门铜铁造，
宝座金银珠宝饰。

我是何人定知晓，
双眼炯炯目有神，

口中舌头如火焰，
无所不能便是我。
我乃掌控世间王，
托贵大王是我名，
托贵扎赞是别名，
斯玛雪山之大王，
勇夫一人得三名。
斯玛之国地域广，
部落如同繁星般，
富饶如同龙王殿，
实至名归得此誉。

中原汉地之国王，
地域宽广财富多，
相比我能胜一筹。
斯玛朗赤宝马宗，
众人羡慕福运绕，
没有一人不想得。
汪洋大海中珍宝，
千般爱慕却难得；
炽热照耀之太阳，

金光灿灿难触摸。
今日之前时日中，
如雷贯耳斯王名，
只有花岭未听闻；
世间黑暗阳光照，
唯有地狱难照明。
于是老臣聪慧者，
足智多谋如智囊，
如今年老智慧衰。
冰雹寒霜袭击后，
麦穗空无一粒谷；
年老衰退之犏牛，
耕田犁地已无力，
这般比喻如老臣。
大王命数未尽前，
温饱无需来担忧，
一世享受幸福命。
不懂装懂涉朝政，
晨起就把敌人夸，
傍晚灾难引家园，
这些行径无意义。

在座诸位王臣们，
花岭奸诈狐狸般，
都是血肉之身躯，
怎会不能把他赢？
如果觉如是神子，
世间安详如酸奶，
为何鲜血来搅乱？
觉如胡搅蛮缠者，
日夜不停战沙场，
腰挂三械不离身，
积累财富被劫掠，
杀人如麻不留情，
口中所言未践行。

于是斯玛勇士们，
马儿快慢之根源，
在于饲养之好坏；
男儿勇武之区别，
在于运气之好坏。
大王我的想法是，
斯玛十五万部落，

上中下三部落中，
一百一十二分支，
各部集结一万兵，
百万将士五万卒，
集结强大之军队，
斯隆之地来扎营。
军中首领之地位，
亚麦霹雳三将担。
之后行军和打仗，
与敌较量要赢战，
不要留一个活口。
山岭山谷和水域，
放哨之兵要安排，
外人入口处封死，
保守军情防外泄，
外地若不能击退，
就该列入女子中。
饥荒挨饿无需管。
行军安营之方法，
与敌交战之兵法，
大臣玉伟来担当，

听懂歌儿记心间!

大王颁布命令后，斯玛大臣玉伟拉奔心想：如今重物托在身，不得不去爬陡坡；大官法纪来严惩，不得不把酷刑忍；大王命令如霹雳，没有一人敢抗命。于是，斯玛大臣玉伟拉奔立马起身向大王敬献一条哈达，对位于大王金座前后左右的部落大员等要臣们颁布了集结兵马、防守要害之命令。接下来的七天时间中他们欢歌笑语，赛马射箭，过起了龙宫般的富裕生活。

第八日，斯玛部落的琼杰、僧雏两员大将带领部队在斯玛陆路、水路、关口要塞处重兵防守。而此时，岭国军队在总管王的布阵下，从南方陆续翻山越岭而来。这些地方的民众们心想：去年斯玛朗赤大王无端劫掠岭国客商，如今大军来到后河水干枯变石滩，大地灰尘遮日光，斯玛平民怎会有安身立命之地？于是，六十多万民众纷纷逃往他乡。

六

次日，岭国兵马来到达赤塘上方，安营扎寨。斯玛雍仲拉杰和随从用骡马驮负的金银绸缎、肉食酥油等献给格萨尔大王，随即行斯玛跪拜之礼，叩拜九下后，雍仲拉杰向大王、神子扎拉、总管王、超同等敬献哈达，并唱道：

唵嘛呢叭咪吽！
斯玛之歌声声唱，
此乃故乡之歌曲，
不变故土之乡音。

上供无边天际中，
珠拉嘎布来护佑，
助我赢战得胜利，
一世不变做后援；
中供云层宫殿中，
赞拉玛布火翅者，
霹雳闪电般速度，
勇气援兵之后盾；
大地雾气笼罩处，
鲁魔珠纳骑风马，

周围十万龙兵绕，
助我胜敌凯旋归。

这是何方定知晓，
斯玛朗赤大王他，
东方南方和西北，
四方建有四座城，
四面八大部落围。
南边布满农耕地，
山岭之处草木盛，
枝头之上果实垒，
地下金银和铜铁，
布满珍宝如宝藏。

或许不知我是谁，
东南两地之交界，
狭长河谷之地方，
雍仲拉杰便是我。
父母慈悲来关怀，
今世荣华富贵命，
十万部落之首领。

大官我的辅佐臣：
拉贵奔杰扎巴一，
赞魔顿普亚麦二，
赤赞朗拉扎杰三，
玉翅朗卡坚赞四，
万户达拉顿珠五，
勇士朗庆疯子六，
顿普巴沃顿纳七，
去往何方能同心，
驻守家园如兄弟，
幸福之时能同享，
悲苦之时能分担。
古人谚语这样说：
上等男儿好兄弟，
成千上百也嫌少；
下等无脑之愚夫，
独有一个也嫌多。

在座白岭王臣们，
之前话语不算多，
如今之言也不少。

擦曲河水之边缘，
我向超同来乞求，
还向辛巴讲道理，
投靠尼奔大官处。
于是雄狮大王您，
赐予加持求护佑。
拉杰小众真可怜，
慈悲之心来关照。
手中所持之宝物，
名为如意太阳珠，
光芒耀眼照四方，
加持如同甘霖降，
祈愿诸事能如愿，
珍宝财物之福运，
世间稀有之珍宝，
敬献雄狮大王您，
慈悲关照莫远离！
除此之外有这般：
所属上千之部众，
高大城堡顶尖处，
再到低处门槛间，

全部敬献给大王。

供奉天神来祈祷，

只盼慈悲心护佑；

诚心投靠大官员，

只盼一世享安乐。

今日之后时日中，

斯玛大国和白岭，

激烈交战结束后，

宝马福运之库门，

由我亲自来指明，

白岭此次征战中，

有何吩咐我来办。

听完雍仲拉杰所唱之歌后，岭王格萨尔心想：此人虽然在我们手中，但对斯玛大王从未有谩骂之词，由此可以看出此人并非没有骨气之人。但是斯玛国为魔怪鬼魅之地，若要征服斯玛大王，还有千般劫难，要了解斯玛地势地形、关口要塞之处必须依靠此人。于是，格萨尔王将慈悲之心的加持成就赐予他。这时，雍仲拉杰的女儿索朗拉宗将盛满茶酒之金银托盘托在掌上，将吉祥之茶和如愿之酒敬献给岭国王臣们，然后来到岭王格萨尔殿前，将一条装有金银珍宝的宝瓶放于哈达之上双手呈上，用杜鹃缓慢变调唱道：

唵嘛呢叭咪吽！

阿拉拉姆唱阿拉，

塔拉拉姆唱塔拉。

今日要唱一首歌，
要唱太阳照四方，
有情众生得温暖。
今日幸福日子中，
供奉东方之神灵，
一敬金刚空行母，
二敬珍宝空行母，
三敬莲花空行母，
四敬业力空行母，
五敬四面八方之，
法界智慧诸神灵。
还需供奉之神灵，
朗拉嘎布诸天神，
中空赛布众年神，
下方海水众龙神，
众多阳神和战神，
地祇护法诸位神，
祈愿诸事能如愿。

如若不知这地方，
之前此地之称呼，
众生入法大平原，
如今斯玛之地界，
六道有情众生们，
地狱恶趣之关卡，
斯玛扎西贡吉地。

如若不知我是谁，
南方斯玛莲花谷，
皑皑雪山来围绕，
草原布满牛羊群，
山谷到处是良田，
不变赛宗城堡中，
雍仲拉杰之女儿，
今年年芳一十八，
虚岁今年一十九。
古人谚语这样说：
三五一十五岁时，
若是喇嘛入佛门，
若是英雄战沙场，

若是女子已出嫁。
今世命中注定我，
依附上师之慈悲，
积恶坏心从未有；
依附父母之恩情，
饥寒交迫从未受。
今世转生为肉身，
未曾尝过甜滋味，
不知酸苦是哪种；
从未爬过陡峭坡，
不会到达平坦地。

今日之前时日中，
无知从未积过德，
享用美食不知福，
享用华衣不感恩，
如今想来千般悔。

于是雄狮格萨尔，
今日见面之礼物，
如意水晶之珍宝，

献给圣主大王您，

慈悲关照莫远离。

还有献礼是这般：

金色黄金宝藏中，

世间珍宝全囊括，

祖辈积累之财富，

今日献给大王您。

此外白岭远征至，

斯玛战役结束前，

吃穿住行之物资，

拉杰家族来承担，

话语过多无意义。

白岭王臣兄弟们，

祈愿地位比天高，

征战沙场凯旋归，

宝马福运降白岭，

众生幸福又安康，

上师地位节节高，

比丘寿命比南山，

佛法坛城能久远。

听完索朗拉宗所唱之歌后，岭国诸位英雄、叔伯们喜形于色。达戎超同心想：此女子皮肤白皙，婀娜多姿，犹如平原上盛开的鲜花一般，如果做我的伴侣，就算耗尽达戎祖辈积累的财富也在所不惜。于是超同对着索朗拉宗，偷偷地瞄了又瞄。岭国王臣们见此情形，顿时察觉王叔心意。此情景就如谚语所说的那样："暴雨之前乌云聚，良田未青黄牛急，杜鹃未来乌鸦叫，福报未积喇嘛疯。"王叔这次太过疯狂。总管王心想：达戎虽然年老但心未老，这般女子婚嫁，在斯岭两国战事未曾结束之前难以定夺。但是今日若不道破达戎超同的心思，此人也许会吃里扒外招来祸患。因此，总管王说道："雍仲拉杰之女虽然应该归属达戎部落，但是战事未完，还不能妄下定论。"总管王的这番话语甚让达戎超同欢喜，超同连连点头称赞。之后，前列首位，雄狮宝座之上的奔巴神子扎拉，犹如雪狮傲立雪峰一般，将花岭跟随雍仲拉杰行军之法和交战兵法用善品六变曲调唱道：

唵嘛呢叭咪吽！
阿拉歌曲之上供，
塔拉歌曲之唱法。

无边蓝色天际里，
三十三层神殿中，
不变水晶之法身，
不变佛法之道歌，
不变光芒四射心，
右手持有水晶剑，
左手持有百宝箱，
身边十万天兵绕，

白梵天王请鉴知，
今日护佑白岭军。
高耸须弥山宫殿，
鹞鹰飞翔在上空，
花斑猛虎右边跳，
黑斑猎豹左边跑，
骏马蹄声阵阵响，
手中法旗天空飘，
念青格佐神鉴知，
今日不离做护神；
蓝色汪洋大海中，
内里玉塘之上方，
五髻发辫之男儿，
蓝色水缎身上缠，
手中持有如意宝，
顶宝龙王请鉴知，
今日助我一臂力。

如若不知这地方，
斯玛南边之地界，
之前佛法难觅处，

今年佛法将昌盛。

我是何人定知晓，
父亲母亲叔伯恩，
如若忘记牲畜般。
我乃白岭神部中，
花花宫殿之主人。
狮子盘踞雪山上，
绿鬃丰满是本性，
不喜沾染沼泽泥；
檀香密林之深处，
花斑猛虎食肉者，
笑纹显现是本性；
下方深海龙王殿，
无数珍宝之主人，
荣华富贵享不尽，
成就宝运是本性。
我乃雪狮之后系，
不会惧怕暴风雪。
不变欧曲朝宗城，
逝去嘉擦之子系，

扎拉孜杰是我名。

岭国叔伯英雄们，
听我把话细细讲，
去年木猪之时年，
斯玛托贵大王他，
达戎富饶部落中，
财力雄厚客商们，
斯玛之地遇强盗，
无辜客商丢性命。
达戎部落之财富，
世界宝库一部分。

于是白岭部落中，
一来总管王智慧，
二来天神降预言，
三来王臣之决策，
所想皆能顺法意。
斯玛雍仲拉杰将，
虔诚之心来信佛，
根本上师头顶供，

助我白岭国兴旺。
今日之后时日中，
所属十万部落中，
与我白岭共荣辱，
口中饱腹之食物，
身上驱寒之衣物，
从此不会有饥寒，
慈悲之心来关照。

于是岭国部落们，
话语过多费时辰，
睡眠过长无成就。
但是明日开始后，
白岭勇武之军队，
出发要去那玛塘。
斯玛雍仲拉杰将，
要做军队之向导，
右翼部队之首领，
姜子玉拉托久担，
玉赤贡杰来辅佐；
左翼军队之首领，

巴桑辛巴梅乳担，
阿达鲁姆来辅佐；
前方军队之首领，
巴僧诺布扎巴担，
贡岱嘎纳来辅佐；
后方军队之首领，
达戎霞嘎丹巴担，
穆江达鲁来辅佐；
中间军队之首领，
董迥达拉赤噶担，
赛巴尼奔来辅佐；
压阵部队之首领，
两位神子来坐镇，
右边噶德贝纳守，
左边擦香丹玛守。
达戎火焰神湖中，
右翼左翼和中翼，
前后中间布阵法，
就如从前一个样。
沙场与敌较量时，
各部兵马来应付，

不可后退当逃兵，

利箭宝刀和长矛，

助我赢战得胜利。

到达斯玛之国界，

平民百姓莫欺凌，

恶语棍棒莫相加。

听懂歌儿记心间，

不听不会重复唱。

岭国王臣兄弟们听后纷纷赞同扎拉之言，承诺践行。之后他们回到各自部落准备兵马。

次日，岭国上下良马备鞍、将士三械挂身，犹如波涛汹涌、突降冰雹般整装出发。三日后，岭军到达达姆玉隆上方，之后分散兵力，兵分三路分别从东边梅隆平原、南边达隆平原、北边纳玛平原向斯玛进军。斯玛哨兵看到这般情形，立即派人向大王传信。斯玛大臣赞拉托贵亚麦怒气冲天，恨得咬牙切齿，怒目圆睁，说道："呀！身为男儿，悲喜一朝一夕间；富商之财，兴衰冬夏交替。出生母亲怀中时，身为男儿祭战神，身挂三械后修习六艺，期盼沙场斩敌首，成就国王三大业。如果不去爬陡坡，何时才能到平原？三械兵器不作威，何时才能打胜仗？不与劲敌来较量，谁是英雄难分晓。"赞拉托贵亚麦说完，戴上外道喇嘛护身符，手持锋利长矛，将上阵之歌唱道：

唵嘛呢呗咪吽！

斯玛之歌声声唱，

高歌一曲三斯歌。

空中暴风席卷时，
草木随风来舞动；
妖魔鬼魅临门时，
身体抱恙难舒适；
东方之敌临城门，
懦夫胆战心又惊，
这是斯玛之歌曲。
珠拉火舌神鉴知，
沙场战敌之命主，
今日佑助英雄我；
中供赞拉玛布神，
要做英雄之援军，
今日佑助英雄我；
下供鲁魔珠纳鉴，
财运昌盛之根本，
今日赞拉请护佑。

这是何方定知晓，
斯玛朗日加塘地。
我是何人定知晓，
密林外围平原上，

琼热穆布城上方，
十五千户之首领，
上万兵马之先锋，
赞拉托贵是我名，
斯玛大王之臣子。
去年年中时日中，
无缘无故挑事端，
岭国达戎部落中，
无数财物被劫掠，
如今追兵已临城，
勇夫报效时机到。
赞拉托贵亚麦我，
明日黎明曙光照，
带领上千部落兵，
左膀右臂般辅臣，
一起迎战岭国军。
与敌沙场交战时，
战无不胜六艺精。
如若鲜血染疆场，
位列上等男儿中；
如若战败去投降，

内外勾结来叛国，
后系子嗣位女列，
小命不保斩立决。
如要比喻是这样：
杀父仇人无区分，
不能复仇如女子；
交战输赢难预料，
夹尾逃跑成笑柄。
今生转世为肉身，
终有一日会死去，
重于泰山死无憾。
海螺牛奶来喂食，
遇上鲨鱼派用场；
马儿精心来饲养，
长途跋涉派用场；
大王诚心待臣子，
劫匪来袭派用场。
从今往后时日中，
斯玛国家王臣们，
共赴沙场杀敌人，
如若战死同埋葬。

美酒佳肴共分享，
欢歌笑语共欢唱。

听歌切记要入耳，
不听不会重复唱，
王臣一定要记牢。

听完赞拉托贵亚麦所唱之歌后，周围的臣子们都同意赞拉的话，大加赞扬。次日，赞拉托贵头戴白色头盔，拉紧盔甲，三械挂身后骑马威武冲在阵前，朗拉大将带上五百名将士紧随赞拉之后。他们到斯玛擦隆山谷时，被岭国哨兵发现了。岭兵连忙发出信号。岭国英雄们立马三械挂身冲出营帐。东北方向，赞拉托贵亚麦和辅将多旦扎巴、玉贵奔图、珠都三人协同偷袭达戎营帐，他们每人射出五箭，令三十多拉达戎士兵丧命。王子玛尼嘎热见此情形，立马身挂三械，骑上玉翅青马迎战赞拉。赞拉抽出长矛连刺王子三下，王子盔甲立马四分五裂，由于有金刚护身符、上师法衣、加持神结、婆罗门吉祥草[1]护身而无大碍。但是长矛冲刺力太强，王子差点被打下马背。王子玛尼嘎热不禁怒火冲天，说道："呀！斯玛勇士们，远处偷袭是懦夫，短剑相对是好汉。你等三械挂身来作战，却用利箭来偷袭，太无耻，还不能伤及要害，此举怎能称之为勇士？前方红人赤将，如今正是晌午时，古人谚语这样说，'勇士之间开战前，双方可留有余地；刚刚出锅野牛肉，莫要心急先放凉'。如上所喻般，先听我来把歌唱。"接着王子玛尼嘎热唱道：

唵嘛呢叭咪吽！
阿拉拉姆唱阿拉，

1　吉祥草：孤沙草，梵义译为除邪或上茅，一种有长芒的禾本科植物，味甘而涩，性平，功能补益身体，且能延年。

阿拉歌曲之唱法，
阿拉唱自天空中，
日月星辰瞬间亮。

上供白梵天王鉴，
花岭第一守护神，
紧要关头依靠处；
中供念青古拉鉴，
护佑英雄之战神；
下供顶宝龙王鉴，
财富食物之福运，
花岭第一财运神。

如若不知这地方，
擦塘岭塘江塘三，
擦如岭如江如三，
这些都曾有耳闻。
来此陌生之地界，
只有启明星可知；
来到未曾踱步地，
只有青湖可辨知。

如若不知我是谁，
玛域花岭地界中，
岩山石岭之上方，
乌鸦心宗城堡中，
王叔超同长官在，
达戎勇猛部落中，
九位勇士不寻常，
我是九位中间者，
玛尼嘎热是我名。

雪山狮子之后裔，
盘踞雪岭不下山；
天空玉龙之后裔，
翻滚云海不落地。
父亲威名震四方，
檀香树叶香四溢。
若要比喻是这般：
盛开鲜花有千种，
昙花世间独稀有；
飞翔鸟儿有千种，
大鹏世间独稀有。

皑皑雪山屹立处，
唯有雪狮可盘踞；
洁白仙鹤是神鸟，
不当魔怪寄魂鸟；
神灵下凡之后系，
黑魔怎能去抵挡？
白雪覆盖之世界，
寒冬暴风雪不停；
积善积德之神殿，
天神保佑不远离；
福报长远之征程，
诸事顺利皆如愿，
可怜斯玛赞拉儿。
世间谚语这样说：
绿鬃丰满之雪狮，
井巷野狗怎能比？
天空火翼之飞龙，
南方毒蛇怎能比？
密林花斑之猛虎，
狡猾狐狸怎能比？
金光灿灿之黄金，

污垢黄铜怎能比？
岭国英雄神子们，
黑魔怎能去抵挡？

还有比喻是这般：
上师手中鼓和铃，
供奉佛法之法器，
若无空手怎做法？
女子身上之珠宝，
需要佩戴高价买，
游走街巷若不戴，
岩山枯草般无用；
英雄身上之三械，
需要才把六艺练，
战敌若不显威风，
乞丐拐杖般无用。
手中所持之利剑，
名为毒蝎食肉刀。
若要说说刀来历，
很久之前时日中，
穆布曲潘纳布时，

大鹏腹中三块铁。
护法铁匠纳布他，
铸造三时不同剑，
夜间铸造之刀剑，
寒光黑铁赛乌剑，
如今超同手中持；
白天铸造之刀剑，
名为水晶万能刀，
能食敌肉之宝剑，
如今此剑在我手。
今日挥刀砍向你，
若不一刀劈两半，
王子玛尼入狗列。
若有遗言快快说，
要不快快来投降。

听懂歌儿记心间，
不听就当噪音响。

唱完，玛尼嘎热一刀挥去正好砍中赞拉托贵亚麦的套索，套索瞬间被砍成几段。赞拉心想：此套索为欢喜王之幻化，今日被砍断，实乃不祥之预兆。于是，赞拉调转马头仓皇逃窜。玛尼嘎热又一刀挥去，将赞拉辅将达贵赤岱的头颅砍下。赞都协玛和辛来纳布董图二员大将同时迎面杀来，玛尼嘎热一刀挥去将俩人打下马背。这时，僧雏朗拉亚麦从右边如狂风般席卷而来，冲入达戎军队中，杀死上百将士。贡巴普依嘉扎和千户尼赤噶庆、察加普依鲁杰三人见状，联手向他围攻，但是僧雏朗拉亚麦舞刀狂挥，这些人个个被打落马下。恰青嘎玛占堆顿时怒火攻心，如阎罗般冲到朗拉亚麦面前说道："呀！斯国大臣僧雏儿，英雄若不能自制，就是亡命之先兆。今日早晨之际，你和我二人，刀剑相对比勇武，你若勇武就能胜，要是我赢定会将你身首分家。"嘎玛占堆说完，用勇士豪迈曲调唱道：

唵嘛呢叭咪吽！
阿拉拉姆唱阿拉，
塔拉拉姆唱塔拉。

喇嘛本尊空行三，
虔诚之心来祈祷，
慈悲之心赐加持，
祈愿诸事能如愿。
敌人头颅压磐石，
敌人血肉和骨架，
当做祭神之供品。
魔神魔子和魔城，
灰飞烟灭般销毁。

此地我等不知晓，

平原如同圆镜般，
三座山峰如门开，
三个陡坡如刀锋，
千般变化之地界。
安营扎寨之右边，
勇士比试练武场，
天神压制魔怪处。

不知我是何方人，
玛域白岭之地界，
达戎富饶部落中，
平原布满牦牛群，
湿地布满骡马群，
羊群如同繁花开，
虎豹相聚般父子。
此地英雄诞生地，
拉贵奔鲁乃上将，
带兵打仗之首领；
压制劲敌之猛将，
嘎玛占堆便是我，
三十万军之先锋。

黑蓝勇士听我言，
傲慢之人不一般，
若要比喻是这般：
天空云层中玉龙，
火翅不与风同行，
搅乱威猛咒师心，
吽什一声咒语出，
瞬间云层被驱散，
玉龙立马落地面；
南方深谷密林中，
滑行毒蛇双舌者，
小型动物被活吞，
如若傲慢不自制，
六味良药之麝香，
瞬间就能取性命；
北方斯玛之地界，
傲慢无礼臣子们，
三械挂身去战场，
挥动刀剑冲岭营，
不知此为失心疯，
不知小命将难保。

另外短命僧维儿，

不知劫难扑面来，

我是命主可知否？

若要比喻是这般：

山崖高处之瀑布，

水坝再高挡不住；

僧维孤军奋战者，

水晶宝剑挥去处，

怎能保住你性命？

听懂歌儿记心间，

不听不再重复唱！

唱完，嘎玛占堆拿起手中水晶宝剑砍去，僧维朗拉亚麦立马用刀挡住，虽然挡住多半猛力，但刀却被砍成了两半。怒火攻心的僧维立马拿起长矛向嘎玛占堆刺去，嘎玛左臂被刺出一个大伤口。恰青嘎玛占堆忍痛向他冲过去，用刀剑向僧维肋间砍去，瞬间僧维心肺破膛而出，跌落马背。恰青嘎玛占堆喊起了胜利的呼声，接着砍下僧维头颅、手脚，拿下其三械，乘胜而归。此时战场上标枪如流星般闪烁、利箭如闪电般耀眼、尸体如垒石般堆积、骸骨如城堡般堆砌，痛哭哀怨之声响彻天际。僧维朗拉亚麦的两员辅将达孜巴亚和琼杰赞贵凶猛无比地冲向达戎营地，达戎超同因不能抵挡此等威猛，立即逃回营帐中躲藏起来。戎赛拉贵奔鲁说道："父亲何必如此惊慌，劲敌来袭我可以充当先锋。"说完，拉贵奔鲁骑上乌鸦千程马向来袭者冲去，在一箭距离处停下后说道："呀！流浪狗般斯玛将，你等傲慢又无礼，搅乱达戎之战营，就需雄狮般勇气。游走街巷之野狗，怎能抵挡猛兽勇？”

拉贵奔鲁说完，用闪电雷鸣曲调唱道：

唵嘛呢叭咪吽！
阿拉拉姆唱阿拉，
塔拉拉姆唱塔拉。

上师本尊三怙主，
一心虔诚来祈祷，
慈悲之心赐加持，
成就圆满于我身。
无敌黑魔之军队，
灰飞烟灭般铲平。
天空霓虹宫殿中，
弥漫剧毒之雾气，
红黄旗子随风飘，
宝剑利刃寒光熠，
马头明王速度快，
莫要涣散保达戎；
世间高耸山峰上，
傲立红色之城堡，
红色旌旗随风舞，

火焰热浪一阵阵，
右手斧头左套索，
利箭长矛在手中，
威赛达拉火焰神，
祈请护佑达戎部；
大地汪洋深海中，
白色海螺右旋处，
青色海洋宫殿中，
水纹彩虹随波动，
浪花涛涛翻滚来，
大海莲花宝垫上，
纳嘎海底之龙王，
莫要远离护达戎。

如若不知这地方，
虽未眼见却耳闻，
隆谷沟壑之右边，
擦隆沟壑之左边，
如同莲花平原中，
三条河水融合处。

如若不知我是谁，
玛康岭国地界中，
四四方方大地上，
大千世界之中心，
高原藏地之东边，
上方天竺之北边，
下方汉地之西边，
崇山峻岭山谷中，
飘渺不定世间中，
达戎大王之爱子，
拉贵奔鲁是我名，
九个部落之首领。
如若不知我来历，
格萨尔王之兄弟，
空口大话从不说，
勤勉实干之勇将，
恶毒之言不出口，
利箭穿心之能手。
古人谚语这样说：
点火取暖烧胡须，
高喊岩山来回音，

敬奉鬼怪灾难临。
这种说法有道理，
北方强盗真无耻，
抢夺财物追兵到；
食肉野狼太贪婪，
杀死绵羊还示威；
街巷女子太无耻，
勾引他人还取笑，
斯玛强盗就这般。

此行目的若不知，
去年白雪降山峰，
今年却被太阳化；
去年雄鸟来巢穴，
今年雏鸟在腹中；
去年无故劫商贾，
今年追兵已临城。
斯玛地界强盗们，
拦截上行之道路，
截断下行之水路。
达戎部落之商贾，

金银绸缎和良药，
驮负三百头骡马，
一朝之内被劫掠。
商贾随从所有人，
抓进牢狱关五月，
纠纷起源是斯玛。
追缴财物来此地，
报仇雪恨是目的。
挑拨是非如黑冠，
虽不华美必须戴；
去年酿造的美酒，
虽不醇香必须喝。
如此纠纷之包袱，
如今不要不承认。
抢去财物翻倍还，
夺取人命翻倍偿。

于是来此英雄们，
营地搅乱如血泊，
你等英雄名为何？
莫要隐瞒请直说。

今日你我这俩人，

利箭短刀和长矛，

随意拿来比高低。

听完拉贵奔鲁所唱之歌后，琼杰赞贵心想：今日终于见到旗鼓相当之人，常言道，“赛马时能俯首摘花，洗沙时需到流水处，火焰之处草木皆毁，理发时需剃除胡须”，要与他好好较量一番。于是，琼杰赞贵用母虎怒吼曲调唱道：

唵嘛呢呗咪吽！

一声斯歌天空唱，

祈愿运气能升天；

二声斯歌山顶唱，

祈愿英雄战神佑；

三声斯歌水中唱，

祈愿诸事皆顺利。

上供朗拉珠杰鉴，

霹雳闪电般速来，

佑助无敌之勇士；

赞玛食肉神鉴知，

司命砍断敌头颅，

今日佑助琼杰将；

龙魔珠纳神鉴知，

黑色毒气袅袅升，
粗暴凶狠对劲敌。

此地你等可知晓？
斯玛大国之疆域。
如若不知我是谁，
朗部玉宗城主人，
琼杰赞贵是我名。
边境恶人是觉如，
干尽丧尽天良事，
众生尽享安乐时，
挑起事端起纷争。
无法上师贪钱财，
怎能解救众生苦？
白岭边境之军队，
黑帽乱扣斯玛国，
无辜之人被杀戮，
归根到底为财物，
这是白岭过往事，
过多评议无意义。
赛马要在平原上，

谁能先到就夺彩；

勇士之间拔刀战，

谁能赢战是英雄。

今日短暂时间内，

比比谁能活得久，

如若今日小命丢，

埋葬何处无区别。

拉贵把话记心间！

唱完，琼杰赞贵举起长矛如乌朵[1]般在头顶旋转几下后，不偏不倚地刺向拉贵奔鲁胸口圆镜，“当”的一声，圆镜瞬间四分五裂。因拉贵奔鲁的身上佩戴有马头明王的护身符，没有伤及性命。琼杰赞贵不太相信自己所看到的一切，再看看自己的长矛，此时已断成两截，瞬间起火。他顿时心生疑虑，连忙调转马头逃跑。拉贵奔鲁紧追不舍，举起黑熊食肉刀向琼杰赞贵的肩部砍去，他的护甲系绳被砍断，因这日他死期未到，故毫发未损。西边营地玉拉部听说达戎部落遭受袭击，白玛念扎、赛热雅美、嘉赤普玉多杰、姜卡夏普白玛、姜朗嘉普托贵、毒舌辛杰拉玛六位将士火速来到达戎部落西北边境，看见斯玛大将多旦珠杰亚麦和萨贵辛杰赤玛正毫不犹豫疾驰而来对抗玉拉托久，特别是萨贵辛杰赤玛挡住玉拉与之对战，玉拉一刀将萨贵辛杰赤玛劈成两半。萨贵辛杰赤玛的辅将多旦珠杰亚麦顿时怒气冲天，将玉拉部中十三名将士灭于矛锋。白玛念扎毫不犹豫地冲向多旦珠杰亚麦，连砍其数刀，也未能伤及要害。多旦珠杰亚麦回击，也未能伤到白玛念扎性命。俩人旗鼓相当，难分上下。于是多旦珠杰亚麦骑上马背，

1　乌朵：又称投石带，毛绳中腰有一小兜，内放入石子，双折抡舞，乘势松其一端，将石头抛出。牧人用此以驱赶牛羊。

将食肉宝刀在马背上擦拭几回后唱道：

嗡嘛呢叭咪吽！

一声斯歌天空唱，

太阳光芒般耀眼；

二声斯歌半空唱，

中空天界般空旷；

三声斯歌海中唱，

波涛汹涌般泛滥。

上供珠拉嘎布鉴，

中供赞拉玛布鉴，

下供龙神纳布鉴，

三神先知世间无。

上部头顶之以下，

直至下方脚掌间，

铁甲护体之身躯，

日夜不停要关照。

此地你若不知晓，

马熊山谷狼平原，

擦曲河水之边缘，

懦夫仓皇逃窜地，
勇夫紧追不舍地。

如若不知我是谁，
东边十五部主人，
八万将士之首领。
斯玛朗赤托贵王，
部下重臣有十人，
我乃十人中首位，
多旦珠杰是我名。

勇士出征去沙场，
对手怎能留活口？
水獭海中游走日，
鱼儿怎能不活吞？
多旦珠杰上沙场，
不会轻易放劲敌；
飞雕盘旋于天际，
展开双翅任飞翔；
大鹏飞落在山顶，
毒蛇难逃活吞命。

斯玛与世无争时，
岭国强盗来侵犯，
坚决抵抗不犹豫。
今日短短时间内，
旗鼓相当者相遇，
挥刀砍去你莫逃，
利剑砍来若我逃，
定是斯玛之败类。
懦夫你若要逃跑，
就是岭国必败兆。
手中所持之宝剑，
名为食肉九断刀，
黑色魔怪寄魂刀，
坚不可摧皆砍断，
今日挥刀砍向你，
看看刀刃锋利否，
青色小人记心间！

唱完，多旦珠杰亚麦咬紧牙关，向白玛念扎连砍两刀，第一刀落在其头盔上，盔旗瞬间被砍断；第二刀落在其上身处，白色盔甲锁链被砍断。但因为白玛念扎身上戴有金刚护身符并有战神威尔玛的护佑，并未被伤及性命。多旦珠杰心生疑虑，向刀刃吐了三口唾沫后将刀放回刀鞘内，挽起双袖准备与白玛念扎赤膊战斗时，姜部白玛念扎拿起水晶万能刀，说道：

“呀！流浪野狗般懦夫，所到之处遭唾弃，绿色鬃毛来乔装，遭受打击露马脚。野狼叫声难入耳，懦夫之子不一般，未开口前拔刀剑，若要对战夹尾逃，如此这般无意义。”白玛念扎说完，用勇士豪迈曲调唱道：

唵嘛呢叭咪吽！
阿拉拉姆唱阿拉，
塔拉拉姆唱塔拉。

喇嘛本尊三怙主，
虔诚祈祷我佛法，
本尊诸位神灵护，
助我英雄打胜仗，
今日活剖取敌心。
索多神灵请鉴知，
拉如宗拉嘎布鉴。
热玛地界宗城中，
赞日穆布如扎鉴，
战胜威尔玛众神，
如影随形般护佑，
饮敌血来食敌肉。

此地你等定知晓，
斯玛姜塘大平原，

擦塘血湖汇聚地。
勇士交战比试地，
刀剑未能伤发肤；
骏马竞赛之场地，
最终未能得头彩。

我是何人你不知，
白玛念扎是我名，
玉拉大官之战友，
玉赤贡杰之副将，
姜国大军之首领，
格萨尔大王法臣。
穆布姜国之地界，
勇武大臣有九百，
玉拉玉赤两员将，
朗拉嘉多雅美三，
白玛念扎是其四，
协玛拉让是其五，
嘉多查茂赤赞六，
一世三械不离身，
一心向善做善业，

丰功伟绩留后代，
美名远扬传世间。

多旦大将听我言，
去年木猪上半年，
达戎财物和商人，
斯玛强盗来劫掠，
无缘无故挑事端。
古人谚语这样说：
吹气点火燃胡须，
关门赶狗尾绕膝，
祸从口出挑事端。
此番说法有道理，
你等无故挑事端，
要与无敌大将比，
引火烧身是自愿。
狂吠恶狗太狂妄，
用力挣脱铁锁链，
如若挣脱夹尾逃；
傲慢马儿未上场，
位列马队显高傲，

上扬四蹄难踱步；

自傲莽夫太贪婪，

空口大话拔刀剑，

短剑比试便后退。

手中所持之宝剑，

名为水晶万能刀，

剑身炫彩如彩虹，

引领解脱之征兆；

刀背寒光如日光，

虔诚向善之征兆；

刀尖霹雳闪电般，

脱离生死轮回道；

刀刃发黑雾气罩，

杀人毫不犹豫兆。

刀尖天神来护佑，

刀背年神来护佑，

刀柄龙神来护佑，

拉鲁年神不离身，

战无不胜是常理。

一刀砍向你头顶，

血肉骨头无分别，

犹如剖开皮毛般，

刀剑砍向酥油般，

不能砍断不是剑。

不能挥刀非英雄，

是否如此嚯玛呀！

唱完，白玛念扎一刀挥去，由于战神威尔玛和护法神灵显神威，多旦珠杰脑浆四溢，命丧黄泉。此时，姜部嘉多雅美和斯玛赤贵扎杰二人一相遇便刀剑相对，嘉多雅美顺势将赤贵扎杰打下马背，赤贵扎杰三百多名随从因无力还击便立即投降归顺。

这日，达戎部落中，拉贵奔鲁和王子玛尼嘎热、恰青嘎玛占堆、贡巴普依嘉扎等先后杀死斯玛数位大将，斯玛辛贵达玛赤赞实在忍无可忍便向玉拉扑去，几番刀剑相对后，双方未分出胜负。赤赞朗拉梅奔看到自己的副将奔杰和将士伤亡惨重，心想：若不复仇，自己必定成为拖累斯玛者，遭到众人耻笑。傲慢无比的他拿起刀剑砍向嘉多赛热雅美，嘉多赛热雅美胸口圆镜瞬间破碎。嘉多赛热雅美迅速将刀剑入鞘，挽起双袖，拿出天地旋转套索，如霹雳闪电般向赤赞朗拉梅奔抛去，赤赞朗拉梅奔的脖颈瞬间被套住，套索五个铁钩扎入其双臂和身体。赤赞朗拉梅奔心想：今日若没有斯玛朗赤托贵的阳神护佑，定难逃脱此人之手。赤赞连砍套索数刀，未能将其砍断。这时，姜部白玛念扎和托赞朗卡扎赞俩人前来相助嘉多赛热亚美，三人协同将赤赞朗拉团团围住，将他五花大绑后带走。赤赞的手下辛来朗卡托杰心想：看今日情形，犹如展翅折翼、吹火燃须般必定没有好下场。如今没有援军到来，无奈逃跑定遭众人耻笑，若要对抗却寡不敌众，此次必死无疑。于是，辛来朗卡托杰向玉拉扑去，用饮血司命宝刀连砍数下，也未能砍中玉拉。他想到玉拉刀剑不入，于是调转马头向查同山谷逃亡。玉拉派兵追击，在擦曲河边将他追上。此时，辛来朗卡托杰心想：如今无路可逃，又不是玉拉的对手，怎样也是死路一条。于是，辛来朗卡托杰搬起一块羊肚般的磐石向玉拉胸口砸去，由于此石有魔力，玉拉差点被打落马下。姜部玉拉心想：之前三械挂身从未失过手，未曾遇见这种人，如果今日不能将此人消灭，岭军将面临灾难。于是，玉拉托久拿起古司宝刀准备向他扑去。这时，姜部白玛念扎连忙劝道："今日玉拉运气不佳，最好不要再与他争斗。"说完，白玛念扎毫不犹豫地向辛来朗卡托杰扑去，而辛来也无所畏惧，奋力抵抗，抓起白玛念扎的胸襟将其向天空甩去。由于姜玉拉会用幻术，化身为白熊向辛来的肩部咬去，因难忍疼痛，辛来松手放了白玛念扎。随即白玛念扎将辛来朗卡托杰高高举起，接连三次将他抛向地面，最终，辛来七窍流血而死。姜部白玛念扎将他的头、手和坐骑、马鞍、盔甲、三械拾起，大声呐喊胜利口号。这日，姜部玉拉受伤，只能吹响收兵口号。英雄们回到战营将魔臣三人的头颅垒在门前，把达戎拉杰和朱古托杰等牺牲的大将尸体摆在帐中，以雄狮大王和岭国喇嘛达奔为主的僧侣们为他们祈福，做法事，进而将死去将士的尸体火化，把他们的骨灰撒入山谷或河流。将后事办妥当后，王臣们相聚在神帐，享用着各种美食。

四母超同看到斯玛两位魔臣被拴在营帐前的铁杵上后，将五辫胡须用如圆盘般的金质圆镜装点，红黄发辫挽成九种不同的发髻，魔刀挂在左身，食肉魔箭挂在右身，黑色盔甲穿上身，朗卡魔盔戴上头，用降伏神魔的威仪训斥斯玛两位俘虏，然后用猛虎咆哮调唱道：

唵嘛呢叭咪吽！

上供阿拉拉姆歌，

塔拉歌曲之结果。

上供无边天际中，
马头明王威力大，
杀敌剖膛洒热血。
世间屹立高峰上，
火山喷发之山口，
达拉火焰神鉴知，
快来佑助达戎官。
余木隆之修炼地，
朱古次旺仁增鉴，
莫要远离助超同。

如若不知这地方，
很久之前之时日，
魔怪司命斗争场，
如今诸位天神降，
神印留驻之宝地，
未来佛法昌盛地。

如若不知我是谁，
玛康白岭超同官，
若知穆布董后系，
天降仙人之族系，

若知便是天降神。
岭国上中下三支，
曲潘纳布是祖先，
先后诞生三子嗣，
虽然族系无区别，
长子之后是上岭，
上岭赛巴有八部；
次子之后是中岭，
中岭文布有六部；
幼子之后是下岭，
下岭穆布有四部。
我乃上岭赛巴后，
达戎超同是我名，
杂玛宝地之上方，
屹立乌鸦心宗城，
外围昌盛富饶部。
威猛王叔超同我，
马头明王之化身，
于是魔子朗拉儿，
傲慢之心如天空，
沙场野狗般狂吠，
如今缰绳缠身躯，

如同野狗被拴住。

古人说法有这般：
杜鹃鸟儿落树枝，
虽然想要鸣乐音，
无奈鹞鹰来袭击，
羽毛纷飞不知否？
斯玛部落王臣们，
要与白岭做较量，
无数将士虽殒命，
达戎英勇战将们，
血肉之躯磐石命，
刀枪不入彩虹般，
想要赢战如幻影。
斯玛勇猛先锋们，
一一先后被砍头，
俘虏都被锁链拴，
是喜是悲请思量。
今日苦命两员将，
不要幻想能活命。
四肢刀剑来砍断，

静脉全部被挑断，

开膛剖腹挖内脏，

若是智者请思量。

要想活命求岭王，

诚心诚意来忏悔，

才能不死得解救，

死后灵魂得解脱，

要何命运请选择！

听完超同的训斥之歌后，赤赞朗拉心想：如此自夸自大、自吹自擂之人定是名扬天竺与汉地，遇到劲敌求饶恕，紧要关头出卖机密的达戎超同。今日我们俩人如野狗般被拴在达戎营帐前，头被乱扣，如此可怜境地是命中注定。但是达戎超同如此羞辱我们，定要反击。赤赞朗拉于是说道：“呀！达戎超同鼗鼓般，遇见劲敌就求饶，遇见弱者霹雳般，你是何人我知晓。今日朗拉梅奔我，战败被俘落入岭军手，朗拉生死已抛开，但是意志不会变，不会信奉外道法，投降更是不可能。”说完赤赞朗拉向超同方向拽去。超同见状，吓得连退几步，岭国英雄们看到如此情形忍俊不禁，哈哈大笑起来。超同羞愧万分，进而恼羞成怒，摆出傲慢的姿态，立即拔出魔剑向赤赞朗拉刺去，米琼连忙拉住超同，并央求道：“王叔如此行事，就好比挥刀对付弱女子，操斧剁向小虱虮，只能给岭国蒙羞。”

神子扎拉惊讶于魔子的言论，说道：“呀！魔子朗拉儿，如此外道邪说，未曾听闻十善之佛法，如干旱荒芜之地界，酥油精华难滋养；不想活命之莽夫，即刻将你埋深渊。”神子扎拉说完，岭国英雄们便将赤赞朗拉五花大绑押送至三谷交汇的深渊旁，将他头脚倒置埋入其中，并在他上面建造了两层高的黑塔，将他永远降伏。

七

斯玛大臣雍仲拉杰遵守对格萨尔大王的承诺，答应将斯玛的陆路和机密，毫无保留地告知岭军。白岭英雄们因鞍马劳顿，决定停留几天，享用美食佳肴，稍作休整。三日之后，早晨启明星升起，雄鸡喔喔叫时，传来海螺之声，大家酒足饭饱后连忙集合。千军如同一人，千骑步调一致，浩浩荡荡地走出营盘。不多久，战旗飘飘弥漫天际，脚步震震地动山摇，岭军来到擦曲对面的朗荣沟谷中，安营扎寨。而就在这时，斯玛琼拉亚麦和鲁王赤贵、赞王亚麦、朗拉赤赞、珠拉亚麦、童郭亚麦等在营帐中集合，商议战事。斯玛大臣朗拉赤赞言道："前几日一战，辅将辛来纳布等如同珍宝般的大臣死于敌人之手，如今挑起如此纷争，就像烈日灼心只能忍，追兵临城只能战。但是岭军人多势众，六艺精湛，如若开战，我们就如山谷洪流来袭草木难以抵挡般不是岭的对手。如今我们生老病死任由阎王摆布，但是外出打仗的经过不得不向大王禀报，谁能担此大任？"朗拉赤赞说完，僧珠奔杰自靠奋勇，带上十五名随从日夜兼程来到大王宫殿。僧珠奔杰进入宫殿后立即来到王臣相聚的白玛旺旦聚会场，将征战的经过和战败的原因向大王一一禀明，用大黑暗曲调唱道：

嗡嘛呢叭咪吽！

上供蓝色天空中，

朗拉嘎布司命神；

中供红色岩山上，

赞都夏瓦热度神。

一百六十位厉神，
今日助我把歌唱。

平原沼泽大地上，
珠纳鲁魔杀戮者，
伴随狂风暴雨来。
斯玛朗赤地界中，
玉珠诺布是宫殿，
历经十五代王室，
财宝福运聚集地，
王臣平步青云处。

我是斯玛国大臣，
僧珠奔杰是我名。
在座相聚王臣们，
细细听我把歌唱，
虽说没有好消息，
但是不得不禀报。
夏季洪水泛滥时，
山谷之中呼啸过，
坚硬岩山不动摇；

炽热火焰随风摇，
林中树木被烧尽，
高耸雪山不融化；
斯玛英勇大臣们，
六艺精湛有胆识，
岭国军队难抵抗。
先前十九日之时，
出征将士有五千，
那隆上下扎营地。
但是岭国无敌军，
岭戎擦戎和姜戎，
三块地界扎营盘，
白色盔旗如祥云，
蓝色盔旗如汪洋，
红色盔旗如火焰，
半空五色军旗飘，
地动山摇般震撼。
今日之前时日中，
三械挂身赴沙场，
阿扎朱古和霍尔，
所向无敌皆能赢，

东方白岭觉如军，
威仪震慑是其一，
英雄威猛是其二，
这般威猛未曾见，
不是谎言乃事实。

先前两军交战时，
旗鼓相当者相遇，
三械轮番去较量，
上千兵马丢性命。
白岭英雄男儿们，
血肉之躯磐石命，
挥刀砍去难击中，
回砍一刀即丧命。
白岭英雄男儿们，
孤军奋战上沙场，
护法神灵常相伴，
欲败岭国是幻想。
白天黑夜两日间，
我方十位大将中，
无敌霹雳三大将，

鲁王魔王和赞王，
辛来大将等十人，
带领上千万大军，
短剑长矛来比试，
威力套索显威风，
最终交战之结果，
两千六百多士兵，
有的落入岭军手，
有的缴械去投降。
我方几员大臣中，
赤赞朗拉是其一，
辛来朗卡托杰二，
达贵赤岱是其三，
梅拉朗加等大臣，
最终寡不能敌众，
一一被那岭军俘。

在座各位王臣们，
战事噩耗有这些，
如何是好请商议，
禀告之歌不会错。

众人听闻几位大臣和两千六百多位将士落入岭军的消息后，气氛瞬间阴沉下来，特别是托贵扎赞大工怒气冲天，面如雾霾笼罩，顿时呼吸急促，怒目圆睁，四肢颤抖，昏厥了过去。大臣和妃子们连忙用圣水和熏香唤醒大王，大王苏醒后倚靠在垫子上，与众人开始商议，有人建议让仙人哈日纳布来占卜，有的建议历算，最终决定占卜。

斯玛大臣西热扎巴和七个随从带着金银珍宝和绸缎、各色美食来到仙人哈日纳布所在之处，他们向仙人献上厚礼，并将大王的谕旨毫无遗漏地禀明。仙人听后说道:“后天是良辰吉日，我会骑着长翼马亲自到大王宫殿。”两日后的早晨，仙人哈日纳布骑着长翼马来到斯玛王宫中，大王和妃子、大臣们低头等待仙人的指示。仙人哈日纳布将手中佛珠先后三次抛向天空，在铁质圆镜前供奉着飞鸟和野猪、山羊、骏马、人类的肉和鲜血，并向外道的神灵和木扎、如扎等上供后，入定修持。斯玛大王立刻安排了记录仙人指示之人。仙人哈日纳布开始占卜，征兆一一出现:第一，如天空般高远，无边无际；第二，如乌云密集，霹雳闪电；第三，如迅疾暴风，席卷而来；第四，如夏季洪水，波涛汹涌；东边暴风遇火焰，北边野牛勇斗南边猛虎，坡面城堡倒塌，猛虎出洞袭击圈中羊群；最终天空星曜，灰飞烟灭，陨落天际。

仙人让斯玛王臣、恰青协旦等细细琢磨寓意。经过几番议论，斯玛大臣西热扎巴说道：“呀！上师占卜预言如圆镜般明朗，寓意如下，朗朗晴空无边无际，寓意白岭部落昌盛之兆；乌云密集霹雳闪电，寓意岭国英雄甲天下；暴风席卷而来，寓意幻化之术无人比。你等可知这般敌人无人能比？”斯玛大王听完此言怒火攻心，傲慢无比地训斥道:“呀！懦夫西热大将，未曾遇敌先泄气，未出手前已颤抖，今世身为男儿身，幼时三械已挂身，一生勤练六武艺。遇见劲敌扑上前，若能赢战美名扬；沙场之上若丧命，勇夫之名留后世。在座斯玛王臣们，今日商议之重点，若有建议快快说，若无不要胡乱言，管好嘴巴有益处。不能自制胡乱言，赞美敌人贬自己，如此行径难以忍。本王法纪如同天降霹雳般，若要严判，定难逃脱。”于是，斯玛大王用毒水威猛曲调唱道：

喻嘛呢叭咪吽！
一声斯歌天空唱，
天空日月无变化；
二声斯歌山顶唱，
大地稳固不动摇；
三声斯歌海中唱，
解救众生得解脱。
声声斯歌大王唱，
此乃大王不变调。

如此经历太虚幻。
中空无边天际中，
玉龙自认最威猛，
毒蛇地面称霸王；
高耸屹立雪山顶，
雪狮自认最威猛，
野狗狂吠不停歇。
南瞻部洲诸国中，
斯玛托贵大王我，

声名远扬国兴盛，
欢喜之王常护佑。
边境觉如之散兵，
怎能与我们相比？
无边无际天空中，
日月自认最明亮，
怎知还有星曜在？
高耸屹立山顶上，
大鹏自认最威猛，
怎知暴风雨雪在？
南瞻部洲掌控者，
觉如自认最威猛，
怎知还有斯玛王？
抵抗敌人之勇士，
岭将自认最威猛，
怎知斯玛将士在？
今日之前时日中，
东方斯玛地界中，
六艺精湛之大王，
身怀六十种绝技，
父亲如扎儿魔子，

取敌性命不犹豫。
但是今年之时日，
恶母之子觉如儿，
乞丐一般岭子孙，
烧杀劫掠成习性，
上方佛路被截断，
下方商路遭劫掠，
弱小之人丢性命，
见财就起杀戮心，
如此恶习已成型。
如今来到斯玛国，
来此地界之借口，
追回劫掠之财物，
事实乃为斯玛国，
佛法政权而奔来。

在座斯玛将臣们，
坐以待毙已不妥。
东方南措湖以内，
南方山谷和平原，
恰布隆那塘上方，

斯玛所辖地界中，
青壮男儿都集合，
每位大臣军队中，
派出一万名将士。
岭国军队虽壮大，
要害之处我方守。
东方查拉那塘中，
琼杰赞贵将为首，
带领两百万将士，
我方英雄会援助；
擦龙扎日玛布中，
僧珠奔杰将为首，
带领两百万将士；
北方姜姆如宗中，
珠拉梅杰将为首，
带领两百万将士；
南方达姆日宗中，
达隆斯玛央宗城，
达擦赤赞为勇将，
带领两百万将士。
属下辅将自己选，

四座城堡要保全。

恰拉托贵亚麦将，

僧拉赤赞扎巴俩，

赞都朗拉赤赞三，

带领一百万将士，

隆日擦隆和姜戎，

三座山岭要坚守。

大王命令难违抗，

峭壁瀑布难抵挡，

大河波浪不返潮。

在座听懂记心间！

斯玛大王唱完，喜欢杀戮的大臣们纷纷赞同大王的说法，即刻去镇守西南方向的要塞。这时，花岭的百万大军来到达日那玛平原中部，就地安营扎寨，搭起如繁星般的营帐。隆曲河边朗拉大军看到岭军搭起营帐，立即派人传信。斯玛朗赤军营中的朗拉赤赞身挂三械，自告奋勇骑上马飞驰到河边，正好被隆曲河边放哨的岭军将士看到。哨兵连忙吹响海螺，引来岭军营帐中的姜国玉拉、董迥达拉赤噶俩人同时骑马迎战。辛戎玛嘉赞布和达娃超赞、雍仲巴杰、姜子拉乌达杰、姜国白玛念扎、嘉多赛热雅美、托杰朗拉珠扎等也带上武器先后跟随玉拉和董迥出征。这时，朗拉赤赞和鲁王赤贵奔图、赞王拉玛宏让三人，来到岭军营帐附近杀死一百多位将士。辛戎玛嘉赞布和达娃超赞、雍仲巴杰三人与他们一一对决，首先是辛戎玛嘉赞布和鲁王赤贵奔图俩人比试。鲁王嘴吐毒舌，鼻子呼出毒气，骑上马背，拿出食肉毒刀说道："呀！野狗一般狡诈者，身沾污秽上战场，遇见猎豹就逃跑，血洒战场是必然。”于是，鲁王赤贵奔图唱起英雄之歌：

唵嘛呢叭咪吽！
一声斯歌火冲天，
崇山峻岭烧成炭；
二声斯歌冰雹降，
六谷遭难已绝收；
三声斯歌磐石落，
众生遭殃洒热血。

一供朗拉珠杰鉴，
二供赞玛食肉神，
三供鲁魔饮血神，
斯玛外道神庙中，
仙人哈日哈那鉴，
今日佑助英雄我。
护法达姆嘎青鉴，
达姆呼啸声阵阵，
锋利獠牙寒光闪，
达拉火焰神鉴知，
今日助我杀劲敌，
赢战得胜要护佑。

如若不知这地方，
上方杂玛亚隆地，
中间索塘查茂地，
山顶隆日冲天地。

我是何人若不知，
斯玛托贵扎赞王，
名下六十位大臣，
无敌勇士有三人，
斯拉朗拉赤赞将，
亚麦拉玛宏让俩，
鲁王赤贵奔图三，
三人誉为无敌将。
鲁王赤贵便是我。
如若不知我来历，
化身世间之依托，
恰魔帕魔和珠魔，
火魔水魔和岩魔，
赞神龙神和鲁魔，
三神一体之魔子，
魔王朗拉赤赞他，

魔赞司命之主人。

高空之上的青龙，

暴风冰雹之源泉，

突降草木难抵挡。

灰不溜秋短命者，

鲁王赤贵亚麦我，

千人之上好男儿，

遇见劲敌生欢喜。

身上挂有三兵械，

黑铁三尖之长矛，

虽然锋利未佩带；

白色藤编之利箭，

百发百中未佩带；

九头魔怪之宝刀，

挥刀砍去劈岩山，

今日挥刀砍向你，

落到头顶难忍耐，

瞬间魂飞魄亦散。

丝毫不觉就断命，

今日难逃者劫难。

于是灰不溜秋者，

昨日你的梦境中，

朗朗晴空之太阳，

是否遭遇星曜劫？

密林深处之鹿角，

是否遭遇猎人劫？

平原之上小绵羊，

是否遭遇饿狼劫？

古人谚语这样说：

乌鸦一叫万事衰，

小驴一叫皆不顺，

懦夫出门遇勇士，

今日霉运落你头，

若有遗言快快留，

若能央求可饶恕，

咯咯嗦嗦嚯玛呀！

鲁王赤贵奔图唱完，拔出威猛魔刀砍向辛戎玛恰赞布头部，辛戎玛恰赞布的盔甲被砍得火光闪闪，未能伤及发肤。此刀为恶魔之刀，因此一段时间内黑雾腾腾。姜子玉赤贡杰以为玛恰赞布落入敌手，不顾生死飞驰到鲁王赤贵身前，用空性曲调唱道：

唵嘛呢叭咪吽！

阿拉拉姆唱阿拉，

喇嘛本尊三怙主，
虔诚之心来祈祷，
加持成就如甘霖。

有情众生之父母，
护佑后代无劫难。
今日呼唤护法神，
呼请朗拉赛威神，
呼请索多护法神，
呼请姜国守护神，
呼请达日拉姆神。
上供白色天泰神，
中供花花中泰神，
下供黑色地泰神，
穆布姜国阳神鉴。

这是何地定知晓，
四条大河拐弯处，
达戎猛虎盘踞处，
达戎子孙是狐辈，
狡诈狐狸游走地，

不是幸福之宝地，
厄运阴霾笼罩地。
不信佛法积恶业，
未曾向善造孽缘，
万恶食肉魔子们，
贪婪比火焰炽热，
造孽比大海还深。

如若不知我是谁，
姜国擦热穆塘中，
茂密森林檀香树，
茂盛竹林生长处，
猴群嬉戏好地方，
杜鹃枝叶茂盛地，
猛兽咆哮之地方，
各类飞禽鸣叫处，
硕果累累丰收地。
幸福擦隆山谷中，
上有雄狮之宝座，
管辖城堡之主人，
姜子玉赤贡杰将，

如同大鹏幼鸟般，
展翅飞翔不一般；
白色雄狮之后代，
威武勇猛不一般；
花斑猛虎之后代，
六艺精湛不一般；
姜子玉赤贡杰我，
格萨尔王之法臣，
加持成就定会有。
财富与天神一样，
地位与日月同齐，
福气须弥山一般，
怎会没有福运绕？

今日你与我交战，
不同一般是这样：
大鹏头顶之宝物，
黑色乌鸦怎能比？
绿鬃丰满之雄狮，
流浪野狗怎能比？
花斑笑纹之猛虎，

狡诈狐狸怎能比？
积恶食咒魔子们，
不懂众生之疾苦，
没有礼仪廉耻心，
没有因果报应观，
有情众生司命者，
若死必受轮回苦。
不知天高地厚者，
小心肾脏经脉断；
山岩之处去赛马，
小心跌落丢小命；
与我大臣成对手，
小心国破家园亡。

斯玛之子听我言，
去年之前时日中，
白岭管辖范围内，
达戎富饶部落中，
富甲商人之财物，
斯玛之国强行盗，
杀死商贾和随从，

如今追兵已临门，
报仇雪恨时机到，
百万大军到斯玛。
春季种下六谷物，
秋季怎能不丰收？
今年就是割麦年。

东方斯玛之大王，
去年盗抢岭财物，
如今岭军已到来，
要将你们全消灭。
玉赤贡杰大将我，
仰仗格萨尔大王，
三宝真言至上宝，
英雄军队做后援，
劲敌当前也无惧，
这是真话非傲慢。
蛙脸大将听我言，
老者死前太贪婪，
古人谚语这样说：
猫头鹰鸟幻觉中，

是这城堡之主人，
霹雳降下难逃脱。
斯玛王臣起幻念，
要想征服全世界，
不料遇到岭将士，
小命不保可知否？
手中所持之宝剑，
名为黑铁威光刀，
水纹鱼纹在刀背，
鲁魔如今太猖狂，
宝刀出鞘之时日，
乌云密集翻滚来，
玉龙震耳欲聋声，
威猛刀刃寒光闪，
战神地位之象征。
挥向高空落下时，
日月星辉般闪耀，
繁星点缀大地般，
天神地位之象征。
刀尖如同天柱般，
刀背阎王法门般。

向上观望看刀头，
上师法帽般威严，
慈悲护佑众有情。
握住刀柄之臂弯，
征服劲敌之征兆；
寒光熠熠之刀刃，
取敌心脏之征兆；
刀背彩虹般图案，
一心向善之征兆；
刀柄彩绸如霓虹，
解脱之道明朗兆；
锋利刀刃雾气罩，
消灭魔怪之征兆。

于是魔子鲁王儿，
今日你和我俩人，
比比谁的运气好，
战败之人难保命，
三械马鞍全收缴。
看看斯玛之将士，
冲锋陷阵者甚少，

夹尾逃跑者多数。

再看白岭国将士，

将士众多如繁星，

虎豹一般的大将，

制敌威猛如火焰，

怎能抵抗细思量。

唱完，玉赤贡杰将黑铁威猛宝刀挥向鲁王赤贵的头顶，瞬间血流如注，鲁王落下马背。姜国达热多旦和赤霄奔图俩人下马后将他驮上马背，跑向斯玛大军中，将斯玛兵将到处驱赶，上至山顶下至河边，尸骨堆满平原，鲜血流入谷底。斯玛赞杰亚麦看到伤亡惨重，立即命令大军回撤。岭军也回到自己营地，将三位魔子的尸骨堆在城堡外，并将岭国文布鲁威巴杰等战死沙场之英雄的尸体即刻火化并妥善处理英雄们的后事。

次日，在大臣丹玛的命令下，阿达鲁姆带领军队出征，达戎大臣霞嘎、姜国玉拉、门国董迥、霍尔辛巴等紧随其后，来到索曲河边，野牛山顶的哨兵看到此情况连忙报告。斯玛军营立即乱作一团。大将达擦赤赞和赞杰亚麦等连忙带上兵器出来迎战，岭国大军毫不犹豫地来到斯玛营帐前，达擦援将琼杰赞贵连忙挡住丹玛和噶德去路，丹玛大将怒气冲天地来到琼杰前，射出金色神箭，“嗖”的一声，利箭射中琼杰耳根，耳朵连带脸皮随着利箭射出几里外。琼杰不能抵挡利箭只好调转马头逃跑。鲁魔热夏玛布看到自己一方受挫，连忙拿起鹞鹰之箭射向丹玛部下将士，丹玛三十多位将士一命呜呼。之后，热夏玛布又拿起刀剑冲向岭国军队。此时，董迥达拉赤噶如白云飘浮、雄狮傲立般挡住鲁魔热夏玛布。热夏玛布顿时怒火丛生，心想：今日斯玛大臣们难敌岭军，纷纷逃窜，犹如狐狸般。今日面前白人白骑的勇士，不管是哪位将士，定要与之刀剑相对，绝不后退。鲁魔热夏玛布于是说道："呀！白人白骑轻飘者，贪婪如同暴风雪，今日遇到像你这般恶人，要与斯玛勇士比，怎是我们的对手？斯玛朗拉勇士们，不是谁都能抵挡，你等自找上门就如短命山羊来到豹窝前，短命之人来到阎王前一般，今日你等的死期已到。"热夏玛布说完，将斯玛威严之歌唱道：

唵嘛呢叭咪吽！

一声斯歌如日光，

驱散世间之黑暗；

二声斯歌如大河，

解救众生之饥渴；

三声斯歌如霹雳，

挖出英雄之心肺。

上供珠拉嘎布鉴，

慈悲之心来护佑；

中供赞拉达玛鉴，

威猛无比取敌命，

莫要远离助英雄；

下供鲁魔纳布鉴，

如同铁水浇灌般，

佑助琼那大将军。

如若不知这地方，

斯玛达姆大平原，

安营扎寨好地方，
英雄刀剑相对处，
懦夫先出手之地。

如若不知我是谁，
羌塘姜隆山谷中，
琼如纳如两平原，
如同地毯般铺开。
野牛夏颇热宗中，
无敌英雄之行列，
鲁魔热夏玛布我，
斯玛大王之大臣，
百万部落之主人，
上万将士之先锋。

暴风雨雪席卷时，
小鸟每有飞翔处；
夏季河水暴涨时，
河坝沙堤难阻挡；
密林深处起火灾，
山谷河水难浇灭；

鲁魔怒火冲天时，
不会惧怕阎王法；
鲁魔阎王之后嗣，
结成联盟难活命。
如说事实是这般：
鲁魔实乃大将军。
如说虚幻是这般：
水火风三皆自由。
我有展翅之飞翼，
速度迅猛如疾风，
利爪锋利如铁钩，
能将岩山变灰烬。
白人白骑之将士，
天空乌云密集时，
凉爽微风想吹散；
高耸屹立之雪山，
炽热太阳想融化；
艳丽羽毛之小鸟，
天空鹞鹰想抓走。
白人白旗白头盔，
白色铠甲白坐骑，

犹如白锤颠倒般，
你等莫要太傲慢！

古人谚语这样说：
乌云被风驱散前，
半空如同灯快熄，
呼风唤雨之伙伴；
雪山将要融化前，
银光闪闪太刺眼，
狂风席卷之前奏；
鲁魔之前太高傲，
想要赢战是幻想。
手中所持之宝剑，
汉地仙人幻化般，
泰让[1]神灵来护佑。
宝刀取自铁鸟中，
白紫黄铁三种色，
首先铸造白色剑，
太阳星曜劫难刀，
赤杰大官之宝刀，

1 泰让：在藏地传说中类似于精灵，善铸刀剑，喜掷骰子。泰让可分为天泰、中泰、地泰三种。

如今达玛所持有；
其次铸造紫色剑，
锋利南迦巴瓦刀，
斯玛托杰之宝刀，
如今大王所持有；
最后铸造黄色剑，
犹如斩风之宝刀，
先前大王之宝刀，
如今鲁魔热夏持。
复仇之日很锋利，
削敌头颅如割麦。
遇见我等灾难到，
脸庞惨白如女子，
白色坐骑如山羊，
白色刀剑如白铅，
胆识一看便知晓。
古人谚语这样说：
骏马要善于奔跑，
相反就如毛驴般；
女子头脑需聪慧，
否则就如火棍般；

男儿六艺要精通，
否则就如懦夫般。
是否灰不溜秋者？
你等懦夫要逞能，
如果不能去迎战，
三械挂身如荆棘，
赢战之心是幻觉。
今日鲁魔气头上，
摧毁军中大营帐，
杀死军中之将士，
如若不能非英雄。

鲁魔热夏玛布唱完，即刻拔刀向董迥达拉赤噶砍去，董迥达拉赤噶身上盔甲散落一地。董迥连忙抽出宝刀向鲁魔头部砍去，其头盔如同核桃般被劈成两半。因他身上佩戴星曜之魔和鲁魔、泰让等神灵加持的黑色毒蛇之舌头、黑猪鬃毛、黑鸟羽毛、黑狗尾巴、黑马鬃毛等九种灵物，所以未伤及发肤。董迥知道他刀剑不入，便挥刀向他的坐骑旋风马头部砍去，旋风马顿时脑浆四溢，人仰马翻。此时，西边的霍尔辛巴和阿达鲁姆、达戎拉贵奔鲁三人同时冲向斯玛大军，将上百将士灭于剑锋。就在这时，赞杰亚麦头盔之上插黑翎，身上穿着福运虎皮袍子，腰间系着黑蛇腰带，三械挂身后骑上火山旋风马，犹如赞神出征般前来。阿达鲁姆赢战心切，骑上能飞海溜马迎上前去，在一箭距离内勒住缰绳，拿出晨曦幻化长矛，用北曲高亢曲调唱道：

唵嘛呢叭咪吽！

高亢之歌山岭唱，
引来野牛游岭间；
低沉之歌河边唱，
引来羊群进畜圈。

毒气腾腾汪洋中，
玛索甲姆神鉴知，
百万空行母随行，
莫要远离今日佑。

如若不知这地方，
有所耳闻是这般，
之前福运昌盛地，
此后妖魔鬼怪占，
至上佛法被消灭，
比丘佛规无影踪，
变为无佛荒芜地，
喜欢烧杀和劫掠，
不食无肉之食物，
没有血缘之亲疏，
慈悲之心荡然无。

这般魔鬼之后代，
如今恶贯满盈后，
因果报应马上到。

如若不知我是谁，
北方朗措富饶地，
龙宫一般地界中，
父系年神母系鲁，
得名阿达鲁姆女。
幼年三岁之前时，
游走无边北平原，
荆棘做弓白玛箭，
自己猎物保温饱。
幼年五岁之前时，
羊角弯弓竹做箭，
野牛野驴和公鹿，
丰盛肉食心满足。
动物犄角搭房屋，
野兽皮毛来取暖，
荒芜羌塘我占领。
一日北方魔赞他，

来到我的家门前，

肉税要用身高量，

血税要用桶来量，

如若不能及时交，

父母子孙全杀尽。

最终商议之结果，

鲁赞魔和鲁女间，

刀箭长矛来比试，

早晨之时比射箭，

北方鲁赞获胜利；

中午之时比长矛，

平分秋色无输赢；

夜晚之时比刀剑，

北方鲁赞之勇夫，

难敌女中之豪杰，

鲁赞向后退三步。

鲁女虽然得胜利，

北方魔怪太凶狠，

我方父母和子孙，

鲁女之后的家人，

都要与他成一家。

阿达鲁姆和鲁赞，
从此成为好盟友。
鲁赞称王坐宝座，
我乃大王之重臣。
之后龙年之时日，
格萨尔王到北国，
鲁女臣服于岭王，
最终杀死鲁赞王。
命运最终的安排，
我与岭王成盟友。
白岭英雄队列中，
现实之身为鲁女，
幻化玛索甲姆神，
这些无疑是事实。

那么斯玛赞杰儿，
三械挂身到战场，
女子面前来炫耀，
鲁女从未害怕过。
手中所持之利箭，
玛索甲姆之神箭，

射出如同霹雳般，

别说血肉之身躯，

就连岩山也击垮，

死里逃生不可能，

若是智者请思量！

快点向我来投降，

赞杰将和鲁女俩，

虽说没有伴侣命，

三日之前上师他，

赐予佛法加持般，

向上引荐我来当，

一世同享苦和乐。

如若还不来投降，

赞杰你和我俩人，

是男是女抬尾看，

是铁是铜磨石看。

世间命运之安排，

男女杀人有区别，

被女杀死遭耻笑。

不用刀剑用竹箭，

死于竹箭被耻笑。

今日我来射利箭，

快看蓝色天空中，

天空日月和星辰，

今日之后看不到；

快看下方大地中，

生死相依之故土，

今日之后将分离。

若有遗言快快留，

不留活口嚯玛呀！

唱完，阿达鲁姆将利箭射向赞杰亚麦。他还在思量鲁女之言，便被利箭射中额头倒地而死。鲁女将他身首分离后，又连射两箭，将赞杰的副将达擦赤赞和董贵亚麦射下马背。赞杰属兵看到如此情形，纷纷丢下兵器，四处逃散。女英雄阿达鲁姆和钦伦、木赤达拉玛布、魔臣斯赛朗杰等来到赞杰亚麦营地，用刀剑乱划营帐，将营帐中遗留的财物放到一起，占领了西边营地。

北方营地中达戎霞嘎丹巴和昂庆珠拉坚赞、赤杰梅奔、达戎大臣阿达、其玛托热赛贵五名英雄扑入魔军营帐中，斯玛珠拉梅杰和托贵亚麦俩迎上前去，拼死抵抗，先后杀死上百位岭军将士。珠拉梅杰骑上公鹿善跑马，说道："呀！白人白盔白甲者，好比白云在天空，白旗随风飞舞，无所畏惧般上场，想要赢战得胜利；如同我般斯玛将，战无不胜之勇士。今日之前时日中，一世血战沙场上，百战百胜常胜将，你等懦夫怎抵挡？"珠拉梅杰说完弯弓上箭，"嗖"的一声，连同火焰一同射出。霞嘎丹巴在马背上向右避开，利箭正好射中其身后副将仁青扎巴，仁青扎巴瞬间落下马背。珠拉梅杰又射出一箭，射中霞嘎丹巴的坐骑，于是人仰马翻。霞嘎丹巴的副将昂庆珠扎以为霞嘎丧命，毫不迟疑地扑向珠拉梅杰，珠拉梅杰将威猛火舌长矛刺向昂庆，把昂庆打下马背。霞嘎丹巴连忙起身如飞鸟般跃上昂庆坐骑，挡在珠拉梅杰之前，唱起食肉英雄短歌：

唵嘛呢呗咪吽！
威猛人马和曲调，
三者聚合唱首歌。

威猛之歌母语唱，
上供达拉来佑助，
人中豪杰上师鉴，
雍仲苯教喇嘛鉴，
拉日宗拉嘎琼鉴，
伟赛达拉神鉴知，
今日助我杀劲敌。

如若不知这地方，
山尖岩顶穿云霄，
山岭之外水环绕。
如若不知我是谁，
乌木隆之边境处，
古如岩山之湖边，

五万部众之主人，
霞嘎丹巴是我名。

众位听我把话说，
之前大食地界中，
牦牛福运是其一，
犏牛福运是其二，
宝马福运是其三，
羊群福运是其四，
山羊福运是其五，
世间福运都占据。
这般财运之主人，
大食大王威名传。

我是大王之臣子，
世界上下各地中，
名为霞嘎有四人：
拉萨觉悟霞嘎他，
佛法加持成就者；
奔巴嘉擦霞噶他，
六艺精湛威猛者；

大食霞嘎丹巴他，
财富宝运所有者；
达戎霞嘎丹巴我，
格萨尔王之法臣，
右边虎垫之主人，
一心向佛之善人，
位列八十位勇将。
来此地界之红将，
不知天高到战场，
懦夫偷袭先射箭，
食草坐骑被射倒，
这般不能算赢战。
去年懦夫先出手，
若要比喻是这般：
人如鼗鼓挑纷争，
薄情女子弃伴侣，
烈性马儿杀主人，
懦夫偷袭小命丢。
还有比喻是这般：
门口恶狗太狂妄，
如不棍棒来教训，

挡住来往过路者；
无勇之夫爱炫耀，
如不武力来强压，
必定欺压弱小者，
这些比喻太贴切。
信口开河说大话，
若要实战就退缩，
仓皇逃窜不择路，
今日看谁能活命。
手中所持之宝剑，
水晶万能之宝刀，
坚硬岩山能劈开，
今日挥向短命者，
不会留你半条命，
身首分离嚯玛呀！

唱完，霞嘎丹巴拿起水晶万能刀向珠拉梅杰头顶砍去，其瞬间被劈成两半，跌落在坐骑左右。之后，霞嘎丹巴同其他将士同时闯入斯玛大军中，杀死无数斯玛将士，活着的斯玛将士脱下铠甲，举起白旗，缴械投降。这日傍晚，岭军占领珠拉梅杰整个营帐，满心欢喜地回到军中。

次日，辛巴、丹玛、噶德、拉贵奔鲁、王子玛尼嘎热、恰青嘎玛占堆、贡巴普依嘉扎、贡巴朗拉托白、贡巴珠杰亚麦、嘎如尼玛坚赞、纳如塔巴坚赞等英雄们，带领自己部中的将士来到斯玛东边营帐附近。东营中的大将赞都朗拉亚麦得到战报，连忙三械挂身前来迎战。赞都朗拉亚麦犹如红脸阎王，毒气袅袅升天，头戴黄铜千覆盔，身穿赞玛铜盔甲，铜箭在右手，弓在左手，胸前黄铜圆镜来装饰，如阎罗般冲向达戎军中，杀死上百位将士。达戎军队核心、格萨尔王弟弟、九百万大军之首领、超同大官之子戎赛拉贵奔鲁骑上乌鸦千程马，如流星划过般瞬时来到赞都朗拉亚麦面前。在一箭距离内，赞都朗拉亚麦拉紧缰绳，拔出黑熊食肉宝刀，威武万分。此刻的他已被虚幻之神左右，凶相毕露地来到拉贵奔鲁前，心想：此人身形高大，眉目俊朗，怒目圆睁，脸色阴沉，定是重臣之子。今日两位勇士相遇，若不上前询问家族来历及其丰功伟绩和一世战功的经历就刀剑相对，必定遭来众人耻笑。赞都朗拉亚麦于是说道：“呀！来此地界白岭将，定是重臣之后代，战功伟绩有哪些？古人谚语这样说，‘两将相遇定要相互询问来历，话不投机交战时，才会刀剑来相对’，是否如此听我唱。”说完，赞都朗拉亚麦便唱道：

唵嘛呢呗咪吽！

一声斯歌天空唱，

日光普照大地般，

六道众生得幸福；

二声斯歌如霹雳，

猫头鹰穴被摧毁；

三声如同河流般，

山谷草木被冲毁，

顿生忏悔之意念。

上供朗拉珠嘎鉴，
祈祷之神会护佑；
中供星曜神鉴知，
星曜之神有威力；
下供地魔白珠鉴，
鲁魔之神速度快，
莫要远离助英雄。

如若不知这地方，
斯玛良驹幸福地，
斯曲索曲和鲁曲，
三河交汇之地方，
花花营地之东边。

如若不知我是谁，
斯玛朗赤国界中，
奔宗千人城堡中，
勇士朗拉亚麦我，
犹如凶横阎罗王，
杀人取命成习性。
斯玛托贵大王他，

中原汉地之对手，
欺压高原藏地者，
花花岭国之劲敌。
赞都朗拉亚麦我，
身为斯玛之大臣，
六艺精湛勇气佳；
幻身实乃赞都魔，
世间无人能抵挡。

今日来此之赤人，
自命不凡太高傲，
犹如狡诈狐狸般，
想与猛虎比高下，
不知小命难保全；
游走街巷之野狗，
想与雄狮比高下，
不知小命难保全；
山谷磨盘边毛驴，
想与野驴比高下，
不知落下几里地；
边境岭国勇士们，

自傲心气比山高。
古人谚语这样说：
头戴黄帽之喇嘛，
修持入定为财物，
佛法加持彩虹般；
自命不凡之懦夫，
遇见勇士就胆颤，
勇气就如羊粪蛋；
岭国英雄男儿们，
女子也可挂三械，
勇猛杀敌身首分。
边境觉如强盗们，
传说天神幻化来，
天生就有先知命，
此番说法有真伪，
勇夫听了会生气。

短命男儿听我言，
手中所持之长矛，
名为司命三尖矛，
金刚铸铁来打造，

泰让神灵之幻化，

赞玛之军来护佑，

护法神灵矛尖驻，

今日长矛刺向你，

开膛剖腹取心脏，

肋骨之间取肺肝，

一时之间嚯玛呀！

赞都朗拉亚麦唱完，挥动长矛向拉贵奔鲁胸口刺去，拉贵奔鲁胸口圆镜瞬间四分五裂，由于其有战神威尔玛、护法神灵和空行母的护佑，才没有伤及性命。但是由于赞都朗拉亚麦用力太猛，拉贵奔鲁眼前一黑，差点被打下马背。拉贵奔鲁连忙虔诚祈祷，魔鬼晦气逐渐散去，他也慢慢恢复了知觉。醒后，拉贵奔图怒气冲天地说道："呀！懦夫偷偷先出手，没能取我性命太没用，英雄复仇就在后，让你身首分离挂营前。"拉贵奔鲁说完，用阎罗威严调唱道：

唵嘛呢呗咪吽！

要唱阿拉塔拉歌，

岭国不变之歌调，

喇嘛本尊三怙主，

虔诚之心来祈祷，

慈悲之心来加持，

成就世间之大业。

乌云密集是其一，
天降甘霖是其二，
绿草丛生是其三，
滋润众生之源泉。
白梵大王天之神，
顶宝龙王海之神，
助我拉贵得胜利。
英雄战胜城堡中，
年达赞玛神鉴知，
助我打败这劲旅。
格佐玛杰奔热鉴，
今日之战得胜利。

如若不知这地方，
黑头藏人有说法，
远古之前是藏地，
外道之法昌盛后，
斯玛朗赤来占领，
如今属于斯玛国。

如若不知我是谁，

花花岭国地界中，
上岭赛巴有八部，
中岭文布有六部，
下岭穆江有四部，
三子管辖这三部，
族系亲缘无区别。
嘴巴腱子和屁股，
在哪割肉都一样；
岭国上中下三部，
都是穆布董后系。
我是上岭之后代，
山谷杂玛之上方，
达戎超同王之子，
拉贵奔鲁是我名，
雄狮大王之兄弟，
戎布火海之主人，
百万将士之首领。
我乃花斑猛虎子，
龇牙咧嘴来炫耀，
吓唬狡诈之狐狸；
我乃大鹏鸟之子，

展翅飞翔展雄姿，
吓唬幼小之鸟类。
白领英雄真勇猛，
与那劲敌来交战，
威武之名留世间。

众位斯玛勇士们，
今日早晨时日中，
火光闪闪斗三械，
嗖嗖之声射利箭，
赢战获胜不可能，
不能取命无用途。
若要比喻是这般：
上师念经不绝口，
不能解脱无意义；
大官法纪不绝口，
不能正法无意义；
男儿一世众伴侣，
不能伴老无意义；
英雄空口说大话，
不能赢战无意义。

如此行径太无用。
于是听我把话说，
去年年初时日中，
达戎富饶部落中，
奇珍异宝等财物，
骡子骏马犏牛驮，
中原之地去经商。
途经斯玛朗赤地，
突遇贪婪之盗匪，
无耻劫掠他人财，
客商失财又丢命。
去年酿造的美酒，
今年开罐时机到，
虽不醇香但要喝；
去年结下的冤仇，
今年复仇时机到，
过往之事怎会忘？
白岭王臣来复仇，
斯玛地界王臣们，
劫掠行径怎忏悔？
杀人行径怎赔偿？

如若没有忏悔意，

话说太多无意义。

锋利刀剑来比试，

迅猛弓箭来比试，

大力长矛来比试。

唱完，拉贵奔鲁将驱散黑暗宝刀如霹雳天降般向天空挥去，一刀砍向赞都朗拉亚麦的头部，赞都从头到脚被劈成两半，跌落在坐骑两边。斯玛大臣朗拉赤赞看见赞都被杀，向拉贵奔鲁扑去。王子玛尼嘎热正好看见这一幕，连忙挥刀向朗拉赤赞砍去，如割麦般斩下他的头颅。僧杰奔珠和恰青嘎玛占堆俩人刀剑比试一阵后，双方不分上下。心神不宁的僧杰奔珠转而向噶德和辛巴跑去，右手拿出利箭，左手拉起响弓，“嗖”的一声，射中丹玛上身，不过只是射断了铠甲系绳，未伤发肤；另外一箭射向噶德身边，随即几十位将士丢了小命。噶德立刻来到僧杰奔珠身边，将他从马背上提起来，重重地摔向右边的磐石上，僧杰奔珠心肺爆出而死。辛都纳布瞬间头脑一片空白，心想：今日非吉利之日，我方难以获胜。但是若不上前抵抗，就如死尸一般。于是，辛都纳布扑向噶德，挥刀数下，只看见火光闪闪，丝毫不能伤及噶德。他知道噶德刀枪不入后，便将身边如羊肚般的磐石砸向他，噶德机灵地躲过，只是身后的二十位将士如羽毛被火烧成灰烬般一命呜呼。噶德不禁怒火冲天，与辛都纳布赤膊战斗几个回合。但是因辛都纳布死期未到，最终他带领小部随从向斯玛王宫方向逃跑。

八

噶德部下的将士们将赞都朗拉亚麦和僧杰奔珠手下的大部分将士杀尽，占领了属下部落。霍尔之月十三日，辛都纳布和随从来到王宫，仆人立即上前牵马迎接，美酒佳肴款待。之后，辛都纳布等人来到王臣相聚的桑丹平措林，辛都纳布向斯玛大王敬献哈达，并将战败的情况用黑雾笼罩的曲调唱道：

嗡嘛呢叭咪吽！
斯歌唱自斯玛国，
高高上空云层中，
上供珠拉嘎布鉴，
今日助我辛都将；
中供星曜热巴鉴，
鲜肉鲜血来祭拜；
下供日扎赞都鉴，
赞都歌头今日引。

天泰苯拉嘎琼神，
地泰鲁都珠纳神，
中泰赞都热查神，

细听辛都把歌唱。

南瞻部洲地界中，
幸福之地是斯玛，
斯玛朗赤大王他，
桑丹平措是王宫，
王臣议事之场所，
悲喜只是议论地，
好坏决定商议处。

我是何人定知晓，
南方十五部首领，
百万将士之先锋，
辛都纳布是我名。

在座王臣听我言，
世间谚语这样说：
烈日融化山顶雪，
绿鬃雄狮无处藏；
密林失火成灰烬，
花斑猛虎无处藏；

斯玛之地岭军围，
我等难以去抵抗。
此话之意是这些：
去年岭军追兵到，
时至今日战数回，
无耻白岭将士们，
锋利刀剑杀不死，
锋利弓箭穿不透，
外部肉体难消灭，
内部心灯难剿灭。
先后历经九个月，
死了四十二位将，
扎赞鲁都星曜魔，
赞王鲁王和魔王，
黑熊僧格巴杰将，
奔图玉杰恰纳将，
以上数位大将军，
上半辈子是勇士，
下半辈子成女流，
别说赢战得胜利，
战死沙场丢性命。

在座诸位王臣们，
若要比喻是这般：
山岭外围猎人围，
野牛公鹿难安宁；
密林外围起明火，
黑色毒蛇难安宁；
海洋之中鱼钩满，
金色鱼儿难安宁；
斯玛外围岭军围，
国内民众难安宁。
这番命运真诡异，
斯玛大王辖区内，
属下十八个部落，
五谷丰登好地方，
硕果累累丰盛地，
如今落入白岭国。
此番战败之根源，
不是外敌擅自闯，
实乃内奸引外敌，
斯玛雍仲拉杰将，
如同驼峰般两面，

黑色毒蛇般两舌，
外敌觉如他来引，
斯玛军情向外泄。

昨日之前八日内，
如同魔怪岭国军，
迅猛不及来嘉塘，
我方百万营中军，
犹如小鸡被鹰叼，
狼窝被磐石袭击。
白色骡子之蹄下，
蚂蚁虫类难逃命；
天降冰雹雨雪中，
葱绿草地要遭殃；
白岭大军经过处，
斯玛将士难活命。
赞都朗拉亚麦将，
勇士托贵亚麦俩，
舍生忘死去奋战，
最终死于敌军手。
今年霉运已降临，

如何是好王臣议。

听完辛都纳布所唱之歌后，大臣们知道如此众多的斯玛将士死于沙场，众多部落被岭军占领，如今觉如已带领大军正往斯玛杀来，于是纷纷唉声叹气，担忧国家难以保全。大王心想：前世机缘已定，如今难以改变。斯玛王臣们，先是失策，后又战败。但是如果不能和觉如拼死血战，一决高下，实难瞑目。斯玛大王于是在宝座上高傲地盘坐着，挽起双袖，咬牙切齿地唱道：

唵嘛呢叭咪吽！
一声斯歌太阳升，
消散世间之黑暗；
二声斯歌玉龙响，
孔雀喜悦来开屏；
三声斯歌甘霖降，
大地草木皆旺盛。

上供珠拉嘎布鉴，
护佑自身之战神，
莫要远离助朗赤；
中供星曜日扎神，
星曜之神来佑助，
助我斯玛议事顺；
下供鲁魔珠纳鉴，

诸位龙神来护佑，
今日赐予我智慧。

此乃斯玛地界中，
珍贵财物聚集地，
稀世珍宝所在地。
高耸屹立桑丹宗，
王臣相聚之宫殿。

我是何人定知晓，
斯隆上中下三部，
朗赤大王是至尊。
斯玛朗赤大王我，
坐骑速度无需忧，
斯玛飞翼转天下，
南瞻部洲一日达。

去年时至今年间，
没有外侵内入敌。
边境无耻觉如儿，
斯玛酸奶般搅动，

所到之处血染红，
乞丐之手伸他国，
烧杀抢掠已成性。
前世机缘已注定，
诞生觉如这恶人。
之前亚康之北国，
无辜鲁赞被射杀；
之后来到霍尔地，
白帐大王被制伏；
再来穆布姜之地，
萨当大王被毒死；
最终来到古乃门，
断了辛赤大王梯。
世界四方之四国，
如同梦境般消灭。
去年前年几年间，
大食财富之宝国，
青色大鹏之宝马，
超同贱人来偷盗，
从此纠纷因此起，
岭国军队占大食。

霞嘎大臣被蛊惑，
吉荣古木之湖边，
再到玉塘之上方，
大食九座红岩城，
都被岭国强行占。
大食财宗被消灭，
恶母之子觉如儿，
贪财之心如火焰。

最终悔恨之根源，
达戎客商来斯玛，
强军后援随后来，
四十多位大臣们，
头颅如麦被割断，
如今追兵已临城。
在座诸位王臣们，
古人谚语这样说：
低头唉声来叹气，
不如昂首去迎战；
紧闭嘴唇不言语，
不如唇枪来舌战；

缴械投降去祈求，
不如拼死去搏斗。
世间真理是这般：
幸福悲哀如羚角，
饥饿如同吹火筒，
人生时喜又时悲，
若能明了无需悔。

但是明天日出后，
斯玛托贵扎赞我，
四位辅将做后援，
带领军队上战场，
白岭觉如之军营，
四分五裂般消灭。
无敌斯玛之大王，
威风凛冽明日知；
雌雕威风之宝马，
速度如何明日知。
此外斯玛之大军，
无为之人如动物，
成为白岭军靶心，

将士太多无意义。

东西南方之宗城，

誓死抵抗来守卫，

莫让外敌乱入内。

我方王臣将士们，

舍生忘死去抵抗，

最终胜利归斯玛。

在座王臣记心间！

听完斯玛大王所唱之歌后，诸位大臣们议论纷纷，承诺道："明日我们围攻白岭大军，最好能杀死觉如和扎拉，如若不能，定要将丹玛、噶德、巴拉、辛巴，还有达戎老者超同等人身首分离。"之后，众位大臣回到各自营帐，集结六艺精湛的二十五名将士和膘肥体壮的战马，将出征事宜准备妥当。

次日，公鸡未打鸣、启明星未升空前，斯玛大王和随行大军千人步伐一致，向那塘白玛雍仲达隆那扎的白岭军营走去。当他们来到达隆那扎上方时，被白岭哨兵发现，哨兵立马煨桑警示。白岭英雄和军士们慌忙起身，戴上头盔、穿上铠甲，右手拿箭，左手拿弓，手持长矛和利剑等兵器跃上坐骑。这时，董部戎擦查根和赛巴尼奔达雅、神子扎拉孜杰等环绕在格萨尔大王身边。

这时，索曲对岸一小群军队正风尘仆仆地冲来。总管王知道这小部众定是斯玛国斯玛大王千里挑一的佼佼者们。没过一会儿，他们如羽毛随风飘来般来到索曲河边，冲入赛巴军营。赛巴尼奔达雅和朗卡珠扎、搪拉朗亚、赛巴珠拉朗杰、赛巴尼拉颇杰等前来迎战。斯玛托贵扎赞在坐骑上射出三支取命火焰之箭，将赛巴拉日为首的六十多位将士灭于箭头，之后拔刀出鞘，向白岭神帐冲去。赛巴尼奔达雅和赛巴阿青珠扎、朗拉珠杰三人将他挡住，交战几个回合，三人最终难以制敌。尼奔达雅心想：今日，此人若进入神帐，雄狮大王、扎拉孜杰和总管王等必遭毒手。今日之前，尼奔美名为杀敌铁锤，未曾战败逃跑，今日血洒疆场在所不惜。如此想着，尼奔骑上金鬃杏黄马，利箭上弦准备射出时，斯玛托贵扎赞在马背上翻转一下后，说道："呀！白岭军队之懦夫，三械挂身显威武，赢战把握有几分？父系祖辈是何人？母系祖辈是何人？世间谚语这样说，'羽毛未满就想飞，羽翼散落之先兆；恶狗见人就狂吠，要挨棍棒之先兆；莽夫傲气比火热，落人耻笑之先兆'。花岭之国懦夫们，一生烧杀和抢掠，遇见勇士，钱财来迷惑；遇见弱者，拳脚来欺凌。如此这般恶毒者，斯玛勇士难忍耐，是否如此可比试。"斯玛托贵扎赞说完，用三界龙鸣曲调唱道：

唵嘛呢呗咪吽！
斯玛之歌声声唱，
斯曲实乃故土歌。

斯玛之歌有三种：
一声斯歌如太阳，
心中阴霾全驱散；
二声斯歌如河流，
福运之气上升歌；
三声斯歌如甘霖，
财宝福运昌盛歌。
上供三位珠拉神，

再供星曜赞玛鉴，
舌头鲁都神鉴知，
司命赞日玛布鉴，
饮血三女魔鉴知。

如若不知这地方，
斯玛朗赤地界中，
历代王室之府邸，
王室城堡桑丹林。

如若不知我是谁，
高耸屹立之雪峰，
万兽之王雄狮踞，
绿鬃丰满怎不知?
南方山谷密林中，
食肉猛虎游林间，
笑纹显现怎不知?
斯玛朗赤国界中，
诞生朗赤托贵王，
位高权重怎不知?

黄人听我把话说，
黄色人儿穿黄甲，
三械挂身显威武，
取人性命刽子手。
黑头藏人谚语说：
雄鹰展翅飞高空，
如若不能有自制，
蓝色天空无边际；
野驴四蹄生风般，
如若不能有自制，
辽阔大地无边际；
白岭高傲将士们，
如若不能有自制，
斯玛天下无对手。

于是白岭懦夫们，
作恶多端无节制，
之前很早时日中，
觉如游走在北方，
梅萨妃子来魅惑，
最终射死鲁赞王。

之后阿钦霍尔地，
珠姆妃子起纷争，
二十九日灭霍尔。
穆布姜和古乃门，
奸诈手段来夺取，
最终全部归白岭。
觉如儿同岭国将，
没有一处不涉足，
没有一事不插手。
恶母之子食鼠者，
若是勇夫快迎战，
三械谁利来比试，
比比谁的胆子大。
若在帐中快出来，
今日若不来迎战，
就得归入女流中。
边境之地觉如儿，
年迈超同将为首，
三十懦夫强盗们，
三界之中名声大，
能否制伏今日比。

斯玛托贵大王前，

三十勇士一起上，

今日太阳落山前，

要将河流都染红，

尸体堆砌如山峦。

威力无比白岭军，

不能四分又五裂，

斯王行尸走肉般。

斯玛大王唱完，他从左边拿出阎罗风火星曜套索，伴随一声巨响抛出。尼奔向右闪躲，没有被击中，拔出刀说道：“呀！斯玛大王狡诈者，火急火燎不太好。山谷溪水叮咚响，冬日寒风无影踪；女子性子太急躁，失去家园无依靠；男儿性格太鲁莽，遇见劲敌就逃窜，如上所喻勿急躁。日照时长大地暖，骏马善跑走远路，上师沉稳地位高，大官威严能压阵，女子慢性能持家，叔伯稳健成大事，女眷细心福运绕。现在正是上午时，行走停留都可行，说话听言都可以，唇枪舌战有时机。两将相斗的时候，先要问询再拔刀，若能议和是好事。未出口前先拔刀，一言不合就挥刀，这样难以成大事。”尼奔达雅说完唱道：

唵嘛呢叭咪吽！

阿拉拉姆唱阿拉，

上供杰瓦嘉措鉴，

慈悲之神观世音，

虔诚之心来祈祷，

祈愿诸事能顺利。

上方天神国度中，
白梵天王神鉴知，
右手持有水晶剑，
左手持有百宝箱，
双目面向天空中，
压制外道之劲敌。
战神威尔玛鉴知，
今日尼奔歌头引。

如若不知这地方，
之前佛陀之净土，
如今变为魔之地。
如若不知我是谁，
东方玛康白岭国。
沟头之处有雪山，
雄狮盘踞在雪峰；
中间茂盛密林中，
各种鸟禽羽毛美；
下方绿色田野中，
五谷丰登之宝库。
这般幸福地界中，

不变城堡威达宗，
不变尼奔达雅将，
穆布董系第一世，
长支赛巴叔伯们，
族系纯正如黄金，
犹如须弥山一般。

于是斯玛朗赤王，
去年木猪时年中，
达戎富饶部落中，
客商出门去经商，
途经斯玛之国时，
财富珍宝被抢夺，
客商小命难保全。
如此恶习之野狼，
杀死绵羊却自哀；
边境贪婪之强盗，
抢夺财物还行凶。
我方达戎上百人，
关入牢狱有一年，
最终事情之结尾，

无可奈何被遣返。

如今因果报应到，

岭国军队已临城，

抢夺财物要夺回，

杀人之仇要报复，

没有商量之余地。

身挂三械闯岭营，

杀死上百位将士，

如今来到尼奔前，

短命之人不一般。

九神护佑之英雄，

遇见劲敌就欣喜。

战胜九敌之英雄，

先后赢战十八回，

没有败战逃跑过，

是真是假可比试。

唱完，尼奔达雅冲上前去，斯玛大王将套索甩向尼奔，尼奔连忙拔刀挥砍，却无济于事，被拖拽数里。尼奔连忙将套索摔向斯玛大王，套索三尖扎入斯玛大王的脖子和臂弯处，于是他们二人前后拉扯。赛巴朗卡曲扎见状后前来援助尼奔，拿起火舌威猛刀向斯玛王肩部砍去，斯玛王难忍伤痛，立即松开套索。当此之时，尼奔父子和赛巴达拉多杰、琼纳梅奔等联合对付斯玛大王，因寡不敌众，斯玛王随即化身为大鹏鸟飞向天空，消失得无影无踪。这日，尼奔拿到斯玛王套索，犹如占领马宗般欢呼雀跃。

东边，斯玛僧雏托拉亚麦冲入岭国辛巴军中，霍尔达玛奔图不禁怒火冲天，与僧雏刀剑相对。僧雏拿起毒蛇威猛宝刀向达玛奔图头部砍去，达玛奔图脑浆四溢。辛擦隆拉大将顿时毫不犹豫地挡住僧雏托拉亚麦的去向，几番回合下来，二人却不分上下。僧雏托拉亚麦拔出黑铁宝刀砍向辛擦隆拉的头部，其头盔被砍成两半，由于辛擦身上戴有格萨尔上师的护法绳结、佛陀发髻、杰姆成就绳结等宝物，未伤及性命，但因僧雏之剑沾染晦气，瞬间意念发黑。辛擦一心祈祷格萨尔王保佑，这才逐渐恢复意识，他心想：今日我若不能战胜僧雏，便给霍尔辛巴蒙羞，进而拖累岭国三十勇将。今日即便战死也在所不惜。于是，辛擦隆拉拔出黑铁旋风长矛刺向僧雏之身，僧雏盔甲系带瞬间被刺断。僧雏心想：此人刀枪不入，如果长矛相对，也难胜战。于是调转马头。这时，僧雏辅将赤赞扎巴来到辛擦之前，辛擦拔出半月斧刀向他砍去，其头盔瞬间被砍成两半，人也立即落下马背。达贵朗卡多旦目睹此景顿时怒火冲天，扑面而来，辛擦迎上前去，挥刀向他砍去，瞬间把他劈成两半。之后辛擦父子将敌人的头颅、四肢、盔甲、三械等驮上马背，日落之时回到天神营帐中。

九

虎月初十晚上，人中太阳岭王在神帐中入睡。天还未亮时，天空云层之中形成霓虹宫殿，花雨纷纷落下。宫殿正中间的姑母南曼杰姆，头顶不变发髻饰，右手持檀木毅鼓，左手持白银小铃，座下骑着白狮子，玉龙身边环绕，由十万先知空行母团簇，来到神帐上方，对雄狮占堆大将军、百万空行母双目、解救地狱之上师、释迦牟尼之护法、莲花生大师使者、三怙主之幻化、制敌猛将、慈悲神子说道：“莫要贪睡快快起，此番缘由有这些。”姑母南曼杰姆说完，将预言之歌用终生不变曲调唱道：

唵嘛呢叭咪吽！
阿拉拉姆唱阿拉，
阿拉唱自天空中，
深奥佛法如甘霖；
塔拉唱自幸福界，
三界轮回之众生，
生为恶身有情众，
皆要引向幸福界。

莲花生大师鉴知，
无量光佛神鉴知，

大悲观音菩萨鉴，
上百万之佛陀鉴，
今日慈悲来关照。

此地实乃天空中，
乌云密集之地方，
七色彩虹显现处。
如若不知我是谁，
天竺泥婆罗交界，
内里塘之湖边上，
降下先知预言者，
南曼杰姆是我名，
格萨尔王之姑母。

古人谚语这样说：
杜鹃鸟儿门国鸟，
阳春一月之时起，
飞往辽阔之四方，
不是有意鸣悦音，
它是春天的使者，
看见树梢便可知；

黄色鸭子南方来，
湖面融化去北边，
不是有意炫羽毛，
唤醒鱼獭的使者，
看见波浪便可知。
南曼空行女神我，
关键时刻来此地，
不是巧嘴能善言，
警醒格萨尔王者，
制伏敌人便可知。

于是雄狮仁波切，
莫要贪睡快起身，
叔伯年迈因纠纷，
骏马退化因奔波，
王臣萎靡因战乱。
上师年长佛法精，
最终引领解脱道；
上官年长法纪严，
最终部落享安宁；
叔伯年长议大事，

最终胜利指日待；
女子年长福运绕，
荣华富贵享不尽，
这些都是世间理。

于是神子仁波切，
今日之前时日中，
先知预言未遗漏，
万事皆未失败过。
今日来到斯玛国，
斯玛朗赤大王他，
今生沦入恶趣道。
如此男儿之前世，
格隆朗杰是僧名，
九岁之年已入定，
智慧火焰燃烧般，
深奥佛法继承者，
分辨神鬼面目者。
中途遁入外道法，
修持恶咒之法力，
旦念达嗒是外号，

违法入了三年狱。
之后汉索之边境，
将他常年来流放，
魔怪鬼魅之地方，
难以温饱太痛苦，
最终归入外道法。
佛法之运昌盛时，
不能制伏强劲敌，
一心一意来祈祷，
因此今生得恶身。

于是岭王格萨尔，
明日天明之时候，
深山幽谷密林中，
不同寻常之野兽，
上身花斑猛虎般，
下身飞禽鸟类样，
手足野牛野驴般，
五官世间人一般，
如此怪物守宝藏。

鬼魅红岩山谷中，
溢满腐败之气味，
红岩山谷沟头中，
人肉狗肉和马肉，
猪肉驴肉野兽肉，
各种尸体满山谷。
来到岩山沟口处，
守卫就会跑出来，
一来利箭二长矛，
三来宝刀四套索，
再者各种钝刀剑，
各种兵器都要上，
否则獠牙会撕碎，
锋利爪牙一把抓，
展翅飞翼者掠走，
威猛犄角顶上天，
大力四蹄踩入地，
嘴中喷出之毒气，
击中英雄就丧命。
但是拉鲁年三神，
上千佛陀之圣物，

至宝圣水来护佑，

金刚不变护法佑，

如若跑出这沟谷，

赤兔马外难追赶，

最终飞上半空中，

未到欢喜王天界，

赤兔转身便可回，

无需害怕和担忧，

雄狮大王记心间！

姑母南曼杰姆歌声刚落，雄狮大王便从梦中惊醒，将九尖金刚杵在桌子上连敲三下后，呼喊米琼前来传话。米琼将白岭英雄和大臣们集合议事之事迅速传达。没过一会儿，英雄们就集合在大王的神帐中，按辈分就坐。雄狮大王将昨夜南曼杰姆的预言毫无遗漏地一字一句传达后，大王和王叔超同、米琼、阿廓塔巴便急速前往赛日达宗。他们坐上幻化风轮车飞驰而去，中午时分到达赛日那玛达宗山下。山谷中弥漫着腐烂的气味，米琼和阿廓塔巴俩人禁不住邪气侵害昏迷倒地。充盈着污秽之气的九头怪物知道岭国将士到来，愤怒万分，大吼大叫地向他们冲来。王叔超同见此情景，惊恐万分地悲鸣道：“呀！侄儿格萨尔，如今出现这般鬼魅，恶臭熏得双眼昏黑，心智也变得不清楚，头脑变得一片空白，该如何是好呀！”雄狮大王说道：“你是马头明王之幻化，我是三怙主之幻化，米琼乃顿巴坚赞之幻化，阿廓乃达拉梅奔之幻化，如若不能制伏这般怪物，如何为民众造福？”说完，格萨尔王抛洒佛陀圣水，顷刻间山谷恶臭驱散，药香弥漫。拉鲁年神、护法神灵、空行母、地祇护法等善神和阳神如乌云密集般集合，有的持剑，有的拿箭，有的持长矛，有的拿弯刀，有的拿铁钩，锋利爪牙者、双翼展翅者、锋利犄角者等目不暇接，无以计数的大军一起进入山谷，瞬间左右两边堆满尸骨，三个如山般的磐石上血流如注，恶臭溢出，见到这般景象，众人异常害怕。

这时，南边彪悍如山般的魔怪缓缓走来，大口吃肉大口饮血后说道：“呀！山谷中刚吹来阵阵泥鳅腐烂的臭味，接而又传来人马嘈杂之声，是何情况？”此怪物龇牙咧嘴，吼声震天动地。王叔超同见状惊恐万分，心想：这次恐怕难逃魔爪，于是向雍仲苯教之神、格佐日玛战神、玛杰奔热山神、十二位护法、二十一位比丘、九百万位战神一一祈祷并请求护佑。雄狮大王说道：“呀！制伏世间魔怪是上天之安排，不要惧怕狰狞鬼魅。今日这魔怪定是斯玛大王之寄魂魔兽，呼请各方神灵助我制伏此敌。”于是，格萨尔王用制敌忿怒曲调唱道：

唵嘛呢叭咪吽！
阿拉拉姆唱阿拉，
阿拉唱自天空中，
加持如同甘霖降；
塔拉唱自解脱道，
往生幸福之国界。

上供无边天际中，
白梵天王神鉴知，
今日制伏这魔军；
中间须弥山之界，
金光闪闪如太阳，

如同彩虹般圣衣，
南边财富之空行，
莫要远离助英雄，
至上佛法之敌人，
寄魂魔怪要制伏；
西边莲花空行母，
莫要远离用幻术，
宝刀利剑和长矛，
外道魔怪和厉鬼，
金刚杵来压制他；
北边护法宫殿内，
几世空行护法神，
压制众位寄魂怪，
灰飞烟灭般消灭；
中间无量佛界中，
布达拉宫神殿中，
百万佛陀空行母，
制伏狰狞之劲敌，
顷刻之间消灭他。

如若不知这地方，

之前燃灯佛时期，
佛运昌盛之时候，
祖孙三佛法之时，
仁慈之心过分护，
这般魔怪侥幸逃。
至上佛法当劲敌，
十恶之业习为常，
十善之业忘脑后。
不尊解惑之上师，
能杀恩重之父母，
摧毁正直之法官，
搅乱民众之生活，
不祥阴霾来笼罩。

我是上天指派来，
白梵天神之爱子，
之前云游天界时，
至美推噶便是我，
下凡人间前半生，
名为玛麦食鼠者，
没有至亲兄和友，

更无盟友来相助。
之后岭军赛马时，
赢得头彩得金座，
四方魔怪被制伏，
制敌英雄格萨尔。

嘉木哲宗是其一，
朱古其宗是其二，
噶德琼宗是其三，
鲁赤达宗是其四，
阿吉赛宗是其五，
西夏鲁宗是其六，
无数小宗被收服。
如今来到斯玛国，
斯玛朗赤国界中，
各种鬼魅之幻影，
有的幻化为鸟类，
展翅飞翔在天际；
有的幻化为猛兽，
龇牙咧嘴在林间；
有的幻化为毒蛇，

剧毒之舌向外吐；
有的幻化为野人，
举起磐石显威武。
如此寄魂之鬼魅，
至上佛法之敌人，
制伏之人便是我。
背上喷火箭筒中，
拿出食肉锋利箭，
千钧一发箭上弦，
射向外道之鬼魅。
上方天神护箭头，
中空年神拉弓弦，
下方龙神出神力，
外道魔怪之魂魄，
灰飞烟灭般消灭。

唱完，大王拿出利箭如流星般射出，顷刻间，火焰冲天，鬼哭狼嚎之声响彻山谷。这时，身穿黑衣如山般的巨人，右手拿着黑蛇铁索，左手拿着霹雳金刚橛，来到雄狮大王前跪拜求饶。雄狮诺布占堆说道：“呀！王叔达戎超同将，可知今早鬼魅之魂魄寄托在此人身上？”王叔连忙应答：“大王所言极是。”王叔超同说完，口念咒语，拿出三尖金刚杵刺向此人脖颈处，米琼和阿廓俩人左右拉住绳端，将此巨人拴在八岁孩童身高的柱子上。岭王人中太阳来到此人面前，没有取其性命就把鬼魅魂魄驱除。

十

这时，斯玛琼拉亚麦和魔女萨贵顿玛、赞都帕瓦岗吉、萨都顿普托嘎、日萨伯贵、水魔鲁百纳布等威猛之将应大王之命令，身挂三械如乌云聚集般出征。岭军迎战的英雄们三械挂身骑上战马飞驰而去。斯玛琼拉亚麦身穿黑色盔甲，骑上威猛鹏翅战马扑向辛巴，迅速将长矛刺向他，辛巴的盔甲瞬间四分五裂，又一击正中他胸前嘎乌，但是丝毫没有伤到他。琼拉亚麦顿生疑虑：此人如此刀枪不入，定是我短命先兆。如此想罢，琼拉亚麦于是调转马头准备逃跑。霍尔辛巴拿出血迹斑斑的毒刀，在马鬃上来回擦拭几次后，说道：“呀！你等勇士拿长矛，未能击中太无能。如此挥动长矛样，不如快快做女活。所说之话如经幡无定数，不能践行如彩虹般缥缈。霍尔辛巴和阎罗王，实乃说一不二者，最终赢战之大将。今日之前时日中，一生戎马战沙场，赢战上千个回合，从无失策而战败。今日遇见短命者，三械挂身显威武，射出之箭被风吹，最终夹尾想逃跑。今日你的死期到，是否如此立马见分晓。”辛巴说完，用战神之力将霹雳毒剑砍向斯玛琼拉亚麦，琼拉亚麦从头到脚被劈成两半落下马背。辛巴下马将琼拉的头盔和铠甲等举过头顶，众人见状欢呼雀跃。

斯玛大王看到琼拉亚麦战死后愤愤不平，怒气冲天地向辛巴扑去，接连挥去三刀，但未伤及他。接着辛巴朝斯玛大王连砍数刀，斯玛大王也毫发未损。随后俩人拿起短刀比试，几个回合后最终还是不分上下。斯玛大王知道辛巴刀枪不入后，调转马头向姜王子方向跑去，姜王子玉赤贡杰也毫无犹豫地迎上前去。斯玛大王心想：岭国如此小将也敢与我对抗。二话不说便抓起玉赤贡杰的胸襟如鹞鹰抓小鸡般扔向磐石，此时战神威尔玛和护法神灵及时赶来，将玉赤扶起。斯玛大王又拿起司命大刀向玉赤贡杰砍去，未曾料到雄狮诺布占堆大王三械挂身，战旗飘飘地向他迎面赶来。只见格萨尔大王拿起战敌无数的宝刀，用金刚道歌曲调唱道：

唵嘛呢叭咪吽！
阿拉拉姆唱阿拉，
阿拉唱自天空上，
加持如同甘霖降，
有情众生得幸福；
塔拉唱自解脱道，
无主六道众生们，
脱离苦海得解脱。

喇嘛本尊三怙主，
护法神灵空行母，
上方天神宫殿中，
三十三层神界中，
白梵天王神鉴知。
须弥山之霓虹宫，
九层赛卡神殿上，
古拉格佐神鉴知。
世间外道之魔王，

顷刻之间要消灭。
斯玛朗赤地界中，
诞生朗拉赤赞王，
厌恶积善积德事，
喜欢万恶杀生事，
不知慈悲之神灵，
因果报应之后果，
今生沦为此境地，
得正解脱无希望。

如若不知我是谁，
未曾下凡到人间，
白梵天王之爱子，
神子推巴噶是我。
一来天神之意旨，
二来莲花生命令，
三来世间众生业，
神子下凡到人间，
诞生玛域地界中。
食鼠觉如上半身，
草原鼠类之天敌；

中间强盗觉如儿，
魔怪鬼魅结盟友，
赞神泰让成邻居。
没有骏马来骑乘，
手中棍棒是武器；
锋利弓箭未曾有，
花边乌朵是利器；
头顶帽盔未曾有，
飞鸟羽翼可挡风；
身上铠甲未曾有，
鼠类皮毛能保暖。
果姆之子觉如我，
玛麦山谷我来占，
白天山头抓鼠类，
若能抓到有晚饭，
相反就要挨饥饿；
晚上魔怪间嬉戏，
制伏鬼魅有魄力。
觉如参加赛马会，
善用幻化得金座，
称呼格萨尔君王。

北方鲁赞是其一，
西边霍尔是其二，
东边萨当是其三，
南边辛赤是其四，
一一出征去收服，
无尽财富收宝库，
制伏魔怪无难处，
精通幻化之巫术。

于是苦命斯玛王，
去年亲自赴战场，
空口大话一阵阵，
各种兵器手中挥，
不能杀敌太无能。
最终赢战无希望，
如有智慧细思量。
向我缴械来投降，
一心一意来忏悔，
心口虔诚来祈祷，
佛殿之中观世音。
念诵六字之真言，

死后能得解脱道。

如若不想这般样，

边境岭军已包围，

没有逃跑之路径，

更无藏匿之地方。

岭将威猛赛猛虎，

拉鲁年神如疾风，

想要活命不可能，

顷刻之间嚯玛呀！

唱完，格萨尔大王拿出宝刀向斯玛大王连砍数刀，他瞬间鲜血喷出。由于他是魔子转世，因而没有立即毙命。怒火攻心的他如鱼儿落入荒漠般暴跳如雷，但是伤口疼痛难忍，已没有力气反击。百般无奈之际，他想到欢喜之王曾说过有解救天梯之事，于是他虔诚祈祷，随即看见天梯出现在前方，便双手连忙抓住天梯顺势爬上天，然而却在天空鸟儿飞行之处，被白梵天王、古拉格佐、战神古赤古奔等天神拦住了去路。白梵天王拿出水晶宝刀挥向天梯，天梯瞬间断开，斯玛托贵扎赞如石头滑落般摔在岭王格萨尔面前。当岭王人中太阳正要拿起锋利刀剑向他砍去时，魔王知道自己死期将至，双眼落泪，双膝跪地，拿下扳指向岭王说道：“今日之前，我曾幻想过天地之间无人能与我为敌，众人来回之路被我强行断开，烧杀抢掠无所不干，十善佛法未曾信，如今因果报应到，后悔万分已太晚。”斯玛托贵扎赞说完将忏悔之歌唱道：

唵嘛呢呗咪吽！

一声斯歌天空唱，

崇信佛法之歌曲，
身心由内而外处，
虔诚祈祷众上师，
指引解脱之佛道。

斯玛朗赤珠嘎我，
上供地祇护法神，
赞玛司命之神灵，
阳神护法诸神灵，
莫要远离佑助我。
今日之前时日中，
斯玛之地来生存，
葬身之地也在此。

我是何人定知晓，
斯玛托赤大王我，
托贵扎赞是别名，
管辖斯玛之大王，
位高权重比天神，
威名远扬震四方。
但是去年时日中，

历时木猪之年内，
花花白岭大国中，
火海一般达戎部，
远出经商之商贾，
去往汉地去贸易，
途经斯玛国界时，
宛如鸡蛋碰石头，
不是圆石是尖石，
尖石之中三角石。
达戎部落太贪婪，
积累财富去经商，
未能获利遇强盗，
珍贵财宝落敌手，
最终斯岭两国战，
惨不忍睹血成河，
双方均有伤亡者。

斯玛朗赤大王我，
烧杀劫掠成习性，
杀人一命心欢畅，
如今想来真后悔。

国不需纠纷战乱，
人不需灾难疾病，
但是最终之命运，
斯玛朗赤被打下，
自在天神未护佑，
地祇护法未降临。
于是格萨尔大王，
祈求之事有三件：
今日之前时日中，
虽然赐予佛加持，
敬仰之心从未有；
愚钝之人来引领，
一知半解反误导。
仙人协赛让琼他，
赐我先知之预言，
不要与岭互为敌，
如若开战将战败，
最终莫说福马运，
王权都要归岭国。
大王霸道是其一，
傲慢无礼是其二，

贪得无厌是其三，
三习成性之前时，
话从口出如滑油，
未曾践行心太急，
未曾定夺便打断。
大王独断是其一，
大臣惨绝是其二，
因果报应是其三，
三者相聚成引子，
偷袭达戎之商队，
积累财富被抢夺，
无价性命被夺取，
慈悲之心从未有。

于是雄狮人中王，
之前未曾见上师，
恶贯满盈邪念起，
不知佛法之根本，
佛法真理不知晓，
一生混沌中度过。
于是雄狮格萨尔，

造孽无法去挽回，
杀人要用性命偿，
因果报应之身躯，
如今偿还时机到，
但是可怜之魂魄，
下次莫要堕恶趣。
幸福无忧之天界，
慈悲之心来指引。
除此之外有这些：
妃子贡桑德庆女，
王子尼玛扎巴儿，
公主霞嘎卓玛女，
斯玛管辖民众们，
温饱燃眉之急事，
就如之前一个样，
慈悲之心来关照。
世间道理有这般：
生老病死众生有，
明暗日月都兼有，
岩山也有摧毁时，
积恶众多苦命我，

时至今日死期到，
不是死去时解脱，
没有丝毫之悔意，
内心从未怨恨过。
雄狮大王仁波切，
解脱苦海由你来，
不是高处来命令，
只是斯玛大王求，
献礼敬上大王你。

于是格萨尔雄狮，
珍贵宝马之福运，
南方莲花山谷中，
雪山如同水晶般，
洪山犹如食子般，
蓝色如同汪洋般，
金色太阳升空般，
花色如同毒蛇般。
不同色彩山三座，
如此山洞之里面，
里外三层铁门建，

外门司命魔怪守，
黑色魔怪喜食肉；
中间司命赞神守，
赞神达玛司命者；
内门司命鲁神[1]守，
鲁姆毒气一阵阵，
打开先后三层门，
白马如同海螺般，
鼻尖海螺来装饰，
四蹄右旋海螺样，
尾巴青色美玉般，
各色珍宝聚马身，
如此宝马是珍品。
灰白宝马有列队，
黄色宝马有列队，
野性宝马有列队，
紫红宝马有列队，
不同毛色马千种，
世间珍贵宝马聚。
斯玛魔马长尾马，

1　鲁神：在通常情况下，“鲁神”指“龙神”。

尾巴犹如乌云般；
斯玛魔马高又大，
速度犹如旋风般；
斯玛魔马有猛力，
犹如霹雳闪电般。
斯玛宝马之福运，
有所耳闻未眼见，
虽曾见过未得到。
今日特向大王你，
敬献宝马之福运，
白岭王臣英雄们，
事业功勋如日长，
地位权势如日升。
白岭人中太阳般，
祈愿阴晴无区别，
身健无灾扎西秀，
口谕命令无劫难，
大王请你记心间，
如有错误请忍耐，
如有不妥我忏悔。

斯玛大王诚心诚意唱完后，雄狮人中太阳、三怙主之幻身、上千佛陀之神子、释迦牟尼之护法神、莲花生大师之信使、高原藏地之核心、佛法之根基——岭王格萨尔顿生慈悲之心，将斯玛民众和妃子、王子等都归入岭国，同享荣华富贵；并答应将斯玛大王如此邪恶的灵魂解引至正道，一个弹指，让他归西。

十一

格萨尔大王调转马头回到岭国营帐中，岭国英雄和叔伯们列队欢迎，营帐外彩旗飘飘，众人将大王迎入神帐中。王臣们按各自地位就坐于坐垫上，仆人们摆上美酒佳肴，各位妃子和王子、公主们也来到营帐中，双膝跪地落座于神帐最边上。岭国叔伯和英雄们因为斯岭大战最后获胜而欢呼雀跃，享用着美酒佳肴。这时，中间列首圆环图形三层锦缎坐垫之上的总管王戎擦查根发如羔毛，身如皮囊，眼窝深陷，形如骷髅，腰间系着水蓝色腰带，脚踩彩虹靴子，胸口挂着钻石嘎乌，嘴唇颤抖如吹风筒，身体摇摆如枯木随风摇曳，双腿发颤地将一条洁白的哈达献给格萨尔大王，用慢行不变长调曲唱道：

唵嘛呢叭咪吽！
阿拉拉姆唱阿拉，
阿拉蓝色天空唱，
日月星辰相聚歌。
塔拉唱自解脱道，
六道众生脱苦海。

上供三怙主鉴知，
虔诚之心来祈祷，

有情众生如父母，
普度恶趣中阴苦，
脱离苦海得解脱，
慢行不变长调曲。
温暖太阳当空照，
融化世间之冰雪，
鱼獭水中来畅游；
部落大官金座上，
慈悲关照臣民们，
幸福生活享不尽；
叔伯聪慧有魄力，
商议大事定乾坤，
子孙后代享安乐。

如若不知这地方，
今日之前时日中，
四周黑漆之地界，
中原汉地之西边，
高原藏地东北方，
索波地界之南边。
人心崇奉外道法，

黑色魔怪之王臣，
在这之前地位高，
武艺超强无人比。
但是古人谚语说：
早晨太阳照阳面，
下午太阳照阴面，
阴阳太阳轮换照；
猛虎有睡有醒时，
笑纹有显有隐时；
夏季河水会暴涨，
冬季湖面会结冰，
冬夏季节会交替。
斯玛朗赤之国界，
之前黑魔来管辖，
今日之后时日中，
外道黑魔之道法，
至上佛法来取代。
烧杀抢掠之恶行，
制定取舍之道理。
纯洁至善之佛法，
日复一日渐明朗。

外道黑魔如霜降，
日光照射便无影。

于是斯玛王臣们，
去年木猪时年中，
岭军行至斯玛国，
斯玛朗赤大王他，
与我白岭成战敌，
与我岭军来博弈，
最终战败众将殒，
因果报应不会错。
玉食锦衣无影踪，
积累财富和宫殿，
如同梦境般消失。
之前扬灰洒天空，
如今灰尘落身上；
自己积累的恶业，
因果报应不会变；
之前石头扔上空，
如今径直砸头顶；
至上佛法不信奉，

报应落在自己身；
勇猛将士做战敌，
最终战败而落难。
这些说法有真理。

我是穆布董后系，
经历几世之元老，
九个朝代之功臣，
智慧计谋之源泉。
天空脊柱般银河，
分开天界之星系；
北方天空启明星，
天空繁星后续者；
总管戎擦查根我，
白岭议事主心骨，
上方冈底斯其一，
中间玛旁雍措二，
戎擦查根是其三，
高原藏地之祖先。
上方天竺如礼帽，
诚心敬仰赐加持；

下方汉地如大地，
刚正法纪属自身。
我是议事之元老，
慈悲关照属民者。
花花上方岭国中，
岗嘎夏日朗宗中，
穆布董系诞三子：
热查堪巴是其一，
曲潘纳布是其二，
曲鲁达潘是其三。
三位父亲诞三子，
戎擦超同和僧伦，
三子父亲是同源，
以上事情都真实。

于是斯玛子民们，
今日之前时日中，
无知愚钝行恶事，
贪念愤怒和愚昧，
害人之心等五恶，
如影随行般难分。

种下孽缘结恶果，
有的化身为毒蛇，
有的化身为鸟禽，
有的化身为畜生。
孽缘深重之化身，
外道魔怪鬼魅类。
自己造下的孽缘，
只能自己一人担，
懊悔万分已太迟。

今日之后时日中，
斯玛大王管辖内，
东西北方三地界，
变为白岭之属国。
三方首领子民们，
之前积累之财富，
全部自己来治理，
建造遮风挡雨屋，
满足温饱之生计。
大官没有扬威处，
弱者没有惩戒处，

富人没有炫耀处，
穷人肚子不挨饿，
万贯富商和乞丐，
白岭地界都平等，
富商没有贿赂处。

于是斯玛臣民们，
时隔一个月之内，
斯玛宝藏要打开，
斯玛上下各部落，
山顶之上插经幡，
山下建造擦擦塔，
修建佛堂和庙宇。
玛尼佛法之根本，
巴赞咒语刻片石，
慈悲之心常俱在，
六道众生如父母。

于是白岭神部们，
后日天空未亮前，
繁星还在头顶照，

白岭三十位英雄，
勇武鹞雕狼三将，
狮虎七位大勇将，
三械挂身骑战马，
雄姿矫健带大军。
斯玛福运时机到，
斯玛雍仲拉杰将，
宝藏福运领路人，
莫要误了大事情，
打开斯玛宝藏运。
之后十五日之内，
岭军凯旋回故里。
未来斯玛国界中，
管辖政教之首领，
斯玛雍仲你来担。
斯玛大王之妃子，
王子公主等亲属，
归入诸多平民中，
遮风挡雨之住处，
积累财富自己管，
不能无故去劫掠，

不能欺压弱小者。
辛擦隆拉勇猛将，
善于管辖部落事，
带领一千名将士，
驻扎斯玛国一年，
辅助雍仲拉杰将，
度过一年时间后，
如何行事我再议。
总管之言和瀑布，
两者不能去违抗。

听完此歌，在座的英雄们都赞同总管所言。斯玛子民们也对岭王人中太阳顿生敬仰之心，纷纷虔诚祈祷，将金银珠宝和绸缎敬献给大王。次日，雄狮大王诺布占堆和神子扎拉孜杰、总管戎擦查根、赛巴尼奔达雅，还有巴拉和丹玛、噶德、玉拉、董迥、辛巴、巴姆、霞嘎等人，来到一处五尖岩石的地方——白色岩石如金粉堆砌，红色岩石如藏红花铺满地。此地的地祇护法等得知岭军是来取宝马福运后，嫉妒万分。顿时天降霹雳冰雹，天地动摇。世界雄狮大王诺布占堆和噶德曲迥贝纳、王叔超同等人连忙念诵制敌咒语，乌云逐渐散去，天空放晴。

次日，岭国王臣和英雄们准备坐骑，三械挂身后，随着呼喊之声来到拉日斯巴山脚下。看守宝藏的黑蛇之魔，吞吐毒舌从右边爬来，白色狗熊从左边跑来，前方和后方各由虎豹、狗熊、猿猴、野人等看守。岭王随即说道：“呀！达戎王叔超同，今日你要运用马头明王的幻化，射出一箭。射箭不分父子，制敌不分父子，弘法不分师徒。”王叔超同将头顶发髻挽成金刚发髻、食肉饮血发髻、制敌斧头发髻、右边山羊髻、左边绵羊髻等九种不同发髻，金质圆镜镶在胡须之上，显现犹如阎罗般黑红怒目，用三界镇压曲调唱道：

嗡嘛呢呗咪吽！
阿拉拉姆唱阿拉，
阿拉唱自解脱道。

天空佛法虹道中，
三界核心之神灵，
马头明王显威武，
镇压魔怪和鬼魅，
赞玛泰乌被降伏。
天空神灵宫殿中，
红色旗帜随风飘，
旗尖火舌般舞动，
伟赛达拉梅奔鉴，
今日助我胜魔怪；
威尔玛战神天界，
制伏魔敌之劲旅，
消除疾病和饥荒。
威力无边喇嘛鉴，
本尊诸位神灵鉴，

护法地祇神鉴知，
本尊护神嘉措鉴，
诸位阳神请鉴知。
阳神战神威尔玛，
女神护神空行母，
索多护法神鉴知，
今日助我战劲敌。
幻化之力驻箭头，
外道佛法之敌人，
魔怪之类要制伏。
拉日斯巴地界中，
宝藏守卫白狗熊，
虎豹黑熊和野人，
誓死保卫这宝藏。
若要比喻是这般：
大海之处的宝藏，
饿鬼不能去享用；
富商之子的珍宝，
乞丐之子难享用。
如上比喻守卫者，
斯玛宝马之福运，

主人应该是岭王，
守卫严厉也无用。
宝藏主人已临城，
快快献上宝马运，
如若抵抗不从命，
顷刻之间就取命，
世世代代难翻身。
如若诚心归顺我，
快把不变誓言立，
列入宝藏守卫中，
如何行事请思量。

之后再看眼前景，
红黑三尖之岩山，
犹如咒师之食子。
这般岩山之山脚，
平原犹如圆镜般，
宝马之声不间断，
成就福运之宝地。
如此福运是历史，
燃灯佛陀之时候，

后世子孙之福运，

佛陀埋葬着宝物，

宝藏主人是岭王，

开门之人为超同。

今日超同射一箭，

瞬间地面裂开花，

金刚之杵交叉绕，

马头明王护箭头，

拉鲁年神开宝藏，

成就大业拱手献。

白岭诸事愿顺利，

黑头藏人愿幸福，

吽吽啪啪咒语出。

唱完，王叔超同射出如霹雳天降般一箭，因马头明王、战神威尔玛、十三护法、地祇护法等驻守箭头，伴随着一声巨响，飞出来一只头顶海螺、脖颈白银、颈下白玉身、体型庞大的大雕，停落在岭国王臣前。拉日朗宗城环绕着吉祥彩虹，宝藏之门自行打开。洞中现出了无数头戴金质头盔，身穿白色绸袍的男女老幼前来迎接岭国王臣。岭国王臣们来到拉日朗宗宝窟前，忽然看见十三匹毛色各异的骏马——白色天马玉色鬃毛、黄色天马白色翅翼、枣红天马四蹄腾空……骏马们分别架上金质、银质的马鞍从宝藏洞窟中走出。在财神赞巴拉宝马的带领下，棕黄马群、黄色马群、红色马群、白色马群、紫红马群、青色马群等各色鬃毛宝马相继走出，还有火翼宝马、海螺宝马、鱼翅宝马等数不清的宝马走出洞门。岭王格萨尔将一条星曜套索扔向空中，正好套住如黑熊、青色尾巴的白色宝马。雄狮大王连忙呼唤拉鲁年神保佑，拉紧套索，之后被套住的宝马带领马仔走出来。相继走来灰白色、黑灰色、紫灰色福马群。尼奔甩出套索，套住灰白色、头顶有拳头大小的黑斑的福马。之后扎拉孜杰套住黄色翼翅、金鱼花纹的福马。王叔超同套住麦黄色福马。辛巴套住红色福马。玉拉套住紫红色福马。然而，黑紫色马群中，一匹如野牛般的黑鬃色福马，任凭怎么套也套不住它。噶德曲迥贝纳将伏魔神索扔向半空，套住此福马的脖颈，瞬间马儿嘶鸣声响彻天际。这时，神帐金座上的格萨尔王以萨霍尔[1]大王之仪态现身，头戴黄帽、身披僧衣，右边战神，左边威尔玛，前方空行母，后方护法神，围绕四周。左右两边各有五层、三层、两层绸垫，依次有虎垫、豹垫、熊垫等二十八个不同座垫，上面端坐着岭国英雄和内外大臣。神帐之外有斯岭两国部落大军和斯玛民众，有哈达者敬献哈达，无哈达者虔诚叩拜，富商献上财物，穷人双膝跪地，众人虔诚祈福。雄狮诺布占堆在金座之上，光芒万丈，将这首歌唱给苍穹之下、地狱之上的六道众生，只听大王用威震大众的曲调唱道：

唵嘛呢叭咪吽！
阿拉塔拉唱塔拉，
阿拉唱自天空中，
塔拉唱自解脱道，
六道众生血肉身，
今日引向解脱道。

1　萨霍尔：原是古印度孟加拉王国名，因受佛教史观影响，藏地多有李代桃僵之举。如五世达赖喇嘛亦自誉其父系出自古印度萨霍尔王族。

喇嘛本尊三怙主，

虔诚之心来祈祷，

赐予加持如甘霖。

上方天界霓虹宫，

不变白色海螺身，

右手持水晶宝剑，

制伏黑色魔鬼魂，

左手持有百宝箱，

财富珍宝如汪洋，

岭国祖父白梵天，

今日佑助我子孙。

东边金刚之神灵，

南边珍宝之神灵，

西边莲花之神灵，

北边万能之神灵，

莫要远离来佑助。

如若不知这地方，

今日之前时日中，

外道魔怪运气佳，

至善佛法无人信，

听见佛音就厌恶，
佛陀现身无人识，
恶语相加无节制。
愤怒嫉妒如暴风，
斯玛朗赤之国土，
骏马福运之宝地，
黑色魔怪之家园。
今日之前时日中，
没有三时护佑佛，
子民没有关照者，
兄弟之间无廉耻。

如若不知我是谁，
三十三层天宫中，
白梵天神之命令，
下凡人间为有情，
僧伦卡玛是父王，
果萨拉姆是母妃，
生为人间血肉身。
未到十三岁之前，
与那鬼怪成毗邻，

运用幻身来制伏。
白岭赛马时十三，
勇夺冠军占金座，
嘉洛财宝之主人，
森姜珠姆之夫君，
携手穆布董族系，
打败周围之劲敌。
少年十五岁之前，
三械挂身战沙场，
上方北国地界中，
利箭射死鲁赞王；
之后来到霍尔国，
杀死霍尔白帐王。
除此之外有这些：
萨当王和辛赤门，
大食象雄和松巴，
拉达朱古其日国，
一一都被我制伏。
白岭国运渐昌盛，
地位权力日益大，
但是命中却注定，

制伏一方反一方，
邻国劲敌无休止，
没有和平安定时。

今年来到斯玛国，
至善佛法之旨意。
魔王托贵大王他，
至上佛法之敌人，
上方天界半空中，
砍断天梯落地上，
指引灵魂得解脱。
斯玛财宝之福运，
皆因众生而打开。
斯玛朗赤宝马运，
并不廉价乃上乘。
位高权重之坐骑，
福报高人之牲畜，
大成就者[1]之神马，
世间众人之宝马，

1　大成就者：在藏文中还有大得道者之意，史诗中称岭国守卫疆土之大将为大成就者，以示与霍尔之辛巴、卡切之达热不同。这些大成就者不像辛巴等以杀戮为荣，而是武艺高强、心地慈悲。对于史诗中的岭国三十大将，一般也称三十大成就者。这里的“三十”仅是一个概数，并不拘泥于“三十”之数字。

若无世间皆空洞。

在座斯玛子民们，
高龄八十岁以下，
年少十三岁以上，
竖起耳朵听我言。
白岭百万大军队，
不是无故来边境。
去年木猪时年起，
直至今年鼠年间，
短短两年时间内，
两方交战不停歇，
杀死斯玛无数将，
岭军将士也牺牲，
最终魔国变佛国，
格萨尔王业圆满。

在座斯玛子民们，
诚心祈祷三怙主，
六字真言莫要停，
佛珠莫停要转动，

俯首叩拜莫懈怠，
之前罪孽要忏悔，
之后发誓不再犯。
如若善言能践行，
福报财运会自来，
果腹之食不一般，
取暖之衣不一般，
一生荣华又富贵。

今日之后时日中，
就如总管王所说，
斯玛子民如从前，
雍仲拉杰做首领，
城池财宝自己管，
一针一线不能抢。
斯王王子公主们，
地位就如平民般，
衣食温饱要照顾。
斯玛宝马之福运，
国中子民无区别，
一匹母马和马仔，

格萨尔王亲手赐。
之外善跑之骏马，
高原藏地之急需，
都要带回白岭国。
不能愤怒来抢夺，
更别燃起嫉妒心。
今日算起五日内，
白岭大军要回国，
白岭护法神灵们，
莫要远离要佑助。
美食佳肴随意吃，
斯玛部落子民们，
远离战争得安宁，
恶身孽障无影踪，
祈愿慈悲常在心。

大王颁布完如此命令后，斯玛王子尼玛扎巴和公主霞嘎卓玛俩人毕恭毕敬地向雄狮大王说道：“大王是佛法昌盛之珍宝，所说之言必践行，但是父王之魂魄，请解脱至佛道善境。我们这般两兄妹，诞生魔王之族系，一生在那宫殿中，犹如日月般升落，不知乞丐之痛苦，吃穿罪孽都深重，不知因果之报应，如今果报已应验，诚心诚意求宽恕，做牛做马服侍岭大王，请求慈悲来关照。”大王心想：呀！若能感化魔王后代，或许弃恶能从善，今后能担当大任。于是，大王和总管王商议让俩兄妹归顺岭国之事，总管王也觉得这俩人本质善良，心胸宽阔，以后定能辅佐岭王成就大业，于是决定将俩人带回岭国。

之后，白岭王臣和斯玛子民们在高山上插满经幡，在半山腰建造擦擦经房和寺庙、佛塔，在低处修建桥梁，规定不能滥杀无辜生灵。大家欢歌笑语，尽情享用美食佳肴，愉快地度过了两天时光。斯玛上下部落子民们都前来虔诚叩拜岭王，敬献哈达等各种礼品。大王以慈悲之心俯瞰六道众有情，为活着的人赐予了身心欢喜、长寿体健的灌顶；将死去之人解脱至中阴之道，使他们脱离苦海；在斯玛之国大兴佛法，将外道魔法变为至善佛法，指引众人摒弃十恶，崇尚十善之法。如此安定后，岭国王臣们举起胜利的旗帜凯旋。

整理者说明

现在呈现在读者眼前的《斯玛马宗》，由西藏自治区著名说唱艺人桑珠说唱，本人记录，最终在 2013 年整理成稿。

西藏自治区境内的多数说唱艺人都说唱过岭国在蒙古取得宝马福运的相关内容，但至今没有正式出版该内容的分部本。《格萨尔》故事内容的整体结构中提到，取得蒙古宝马福运是在取得大食财宗次年。该说唱本如同桑珠艺人其他说唱本一样，故事内容丰富，人物形象生动，既有传统诗歌的艺术特色，也有民间谚语等的点缀，故事的民间文学特色显著。故事的情节发展犹如潺潺流水，娓娓道来且通俗易懂。但是在艺人的说唱录音、整理成书过程中受方言俗语、录音带音质等多种因素的影响，本整理稿中难免出现故事内容遗漏、故事情节和人物的重复等情况。

其中最复杂的是反面人物名称的不统一，一个人物同时拥有几个称呼。如斯玛大王在史诗中统称为斯玛托贵扎赞，但是在故事中又出现朗拉赤赞、达央扎赞、朗赤大王等多种称呼。此外，故事中还有人物先后不一的情况，如斯玛大臣僧杰奔图在首战中就被玉拉灭于剑锋，但是在故事结尾，此人再次出现，并被噶德杀死。依照故事的内容俩人并非同一个人，因此，整理者将故事结尾出现的将士译为僧杰奔珠。此外在故事开头介绍的亚麦三将中的朗亚玉珠亚麦、珠亚三将中的亚麦玉珠贵杰、无敌三将中的仲纳奔图和夏赞贵布珠嘉、鲁赞朗拉顿堆等人在后续故事中从未提及。

鉴于以上情况，本人尽力通过比对、问询等方式逐一修正，但是由于本人水平有限，难免出现纰漏，期望各位专家不吝赐教、批评指正。

整理者：索朗格列

译后记

《斯玛马宗》是《格萨尔》分部本中的一部，主要叙述了岭国与斯玛国之间的战争，岭王受姑母预言夺取索波宝马福运，从而格萨尔王与崇信外道的斯玛托贵扎赞大王发生战争。

本部故事情节比较曲折，措辞华丽，谚语、比喻、夸张等手法比比皆是。译者在翻译过程中尽量做到译文风格与原文风格相同，兼顾史诗的语言特色、民族特色、地域特色、时代特色、个人艺术特色。在翻译谚语、格言和俗语时，不死搬硬套，不按照字面意思逐句翻译，尽量寻找与之相近的谚语等进行对译。在翻译部分韵文时，为了句式的规整，依据具体语境对部分内容进行了前后顺序的适当调换和增译，力求保持原文的艺术风格。

由于译者水平有限，译文中难免有疏漏之处，还望读者不吝赐教，万分感谢！

最后在译稿完成之际，感谢给予我这次机缘的自治区社科院民族研究所和项目组的各位领导和同仁们，感谢专家学者们的不吝赐教，感谢一如既往支持我工作的家人们。

桑杰措

2017 年 8 月于圣城拉萨